春在堂

楹联里的中国

室宇祠庙

张小华——著

YINGLIAN
LI DE
ZHONGGUO
SHIYU CIMIAO

江西美术出版社
全国百佳图书出版单位

自序

《楹联里的中国》行进到第三本，我的用笔越来越浅，解读联语文字、剖析写作方式、品味艺术特色的脚步亦渐行渐远，而它前进的方向，在真实清晰地展示中华民族内涵丰富的文化。联语只是一个引子，联语带出的中华文化多个领域的偶像，千百年来生活在中华大地上民众的信仰，世代沿袭与变革并存的民俗才是展示的主角。

伴随信仰和民俗的，是对偶像的祭祀和崇拜。偶像在人类历史上一直以各种形式存在着，偶像崇拜经历了一个从远古时代以物为崇拜对象的自然崇拜、图腾崇拜，到奴隶制社会和封建社会以人为对象的祖先崇拜、圣人崇拜、帝王崇拜，以及近现代的英雄崇拜、杰出人物崇拜。崇拜、祭祀的仪式在祠、庙等场所一幕幕、一代代上演着。

自从人类进入自觉制造和使用生产工具的时代，人类的认识和思维能力得到发展，产生一系列围绕物的精神生产和意识形态活动，人类最初的偶像崇拜、自然崇拜是原始人类对自然认识太少。对自然产生畏惧而祈求自然保护的一种情感，其关注对象是对当时的人们来说相对神秘莫测的宇宙天体和自然现象，以及他们没有认知的按自然规律运行的生生不息的河流、山川、草木等。这些崇拜以祠庙的形象代代延续，我们会看到龙王崇拜、土地崇拜、火神崇拜、山神崇拜等。在烟火神祇中，民众祈求在这个世界上带有安全感地生存下去，他们祈求火神为他们带来光明、热量，为他们驱逐污秽，护佑他们的灵魂获得永生；他们祈求龙王神兴云布雨，为人们祛旱禳灾，让他们过上丰稔的生活；他们祈求土地神佑庇他们全年风调雨顺、五谷丰登、六畜兴旺。

自然崇拜经过了漫长的发展，演变成一种普遍存在于原始氏族中的祖先崇拜。人们认为万物有灵，人死后虽然生命终止，灵魂离开身体，但灵魂或称"鬼魂"会长久存活下来，与氏族人在一起，"虽死犹生"的祖先具有超人的神力，他们可以庇佑降福于族人。于是人们祭祀祖先，祈求祖先的灵魂护佑他们和平的家园，在困难时给予他们力量，因此，我们在祠庙联中看到了炎帝、黄帝的身影。

春秋战国时期，社会经历了由奴隶制向封建制的大变革，由于铁器和耕牛的使用，生产力大大提高，社会财富极大丰富，社会阶级分层亦愈发明显。阶级的对立激发了社会矛盾，奴隶起义、社会暴动不断，原有的政治秩序分崩离析。正值此时，专门从事学术文化的知识分子——“士”阶层形成，以孔子为代表的士人们思考着如何重建社会秩序，使社会成员能够生活在一种文明有序的环境中，免遭战乱，在这个背景下，形成了圣人崇拜。联语里，有孔庙文化。

中华民族的偶像崇拜一路走来，经历了由物到人，由原始社会虚无的神灵崇拜，到封建社会理想人物崇拜，再到近现代社会普通人、世俗人崇拜。这些普通人，相对于神秘的自然，相对于圣人，他们普通，但实际上并不平常，他们身上有着一般人不具备的优秀品质，他们或有忠诚与刚烈的品性，或有兼济天下的胸怀，或有良好的道德操守，如此这般，他们才能成为人们生活中仰望的灯塔。“达则兼济天下”是深受儒家思想熏陶的读书人普遍追求的人生目标，联语里，我们看到周文王、屈原、大禹；这些优秀的人将自己的才能与天下大背景相融合，回报社会，或在政治、经济、军事、外交方面做出突出贡献，或在哲学、文学、农业等领域有着杰出成就，联语里我们看到了华佗、张骞、蔡伦、张巡；很多才子学人，甚至白衣农夫也心系社稷，有着浓厚的以国家为己任的责任感，其思想风貌高尚，行为也更值得称赞，他们也是人们的偶像，联语里我们看到了李白、杜甫、陆游被祭祀崇拜。

中华民族不同时期的偶像是不同时期中华民族道德生活的结晶和思想发展的标志，对偶像的崇拜行为又促进了中华民族思想和道德生活的发展前行。《楹联里的中国：室宇祠庙》里闪现的，是一个个在不同时期被崇拜的偶像，他们或在史书中出现过，或在传说中出现过，但他们也在代代传承的故事中被赋予一些与真实形象不一样的品质，他们融合了中华民众许多美好的愿望。在如今偶像多元化、多样化的时代，总结传统的偶像崇拜，可以引导人们在偶像崇拜中保持独立的人格和至善的道德追求。

张小华

2022年8月于豫章师范学院

目录

第一章 星光熠熠

李开先 二
钱谦益 六
金圣叹 一一
李　渔 一六
郑　燮 二三
袁　枚 三五
纪　昀 四一
梁章钜 四六
林则徐 五一
曾国藩 五七
彭玉麟 六二
薛时雨 六九
俞　樾 七四
翁同龢 七八
张之洞 八四
黄遵宪 九〇
康有为 九四
况周颐 九九
谭嗣同 一〇二

第二章 馨香俎豆

炎帝黄帝陵　一〇八
禹王庙　一一三
周文王庙　一一八
伯夷叔齐二仙庙　一二一
孔　庙　一二六
鲁班庙　一三一
屈原祠　一三五
李冰父子庙　一三八
司马迁庙　一四二
韩信庙　一四六
张骞祠　一五〇
华佗庙　一五四
蔡伦祠　一五九
许慎祠　一六二
关帝庙　一六六
李白祠　一七二
张巡庙　一七七
杜甫草堂　一八二
岳庙　一八八
陆游祠　一九四
汤显祖纪念馆　一九九
郑成功祠　二〇三

第三章 烟火神祇

药王庙　二〇八
城隍庙　二一五
龙王庙　二一九
土地庙　二二三
财神庙　二二九
山神庙　二三四
火神庙　二三九
灶王庙　二四四

第一章 星光熠熠

人生如河流，谁都不能逆流而上，但可以在生命的四季演绎不同的精彩。一个人走过春，走过秋，虽然流光容易把人抛，红了樱桃，绿了芭蕉；虽然他的每一个脚印，都将成为往事，但他的背影留给世间一道亮丽的风景，他在远方熠熠发光。通往星光灿烂的路上，又行走着无数个追随者，这些生命最终或平凡，或伟大；这些生命的乐章，或热切期盼，或深情追忆，或一往无前，岁月流逝，他们又成为一个个新的坐标点。文化的脉络，由无数个绵延相续的闪闪星辰赓续。

李开先

李开先（1502—1568），字伯华，号中麓，别署中麓山人，山东章丘人，祖籍陇西。明代大戏曲家、文学家，与王慎中、唐顺之、赵时春等并称“嘉靖八子”。明嘉靖八年（1529）进士。官至吏部文选司郎中、太常寺少卿，后罢归。有《闲居集》《中麓山人拙对》《中麓山人续对》。《中麓山人拙对》有嘉靖刻本传世，两卷收录楹联约1000副。《中麓山人拙对》成书后不久李开先又刊刻《中麓山人续对》，收录楹联约500副。这两本楹联集是现存最早的文人楹联集。《中麓山人拙对》《中麓山人续对》种类丰富，应用性强，除一部分散体联外，李开先还写下了大量的题联、春帖、赠联、挽联、贺联、题画联。

傍墙即柳巷，水没长堤，牛羊路窄疑无地；

何处是桃源，云迷小径，鸡犬林开别有天。

此为李开先“临浒居”联，联后题注“闲居后自筑”。明嘉靖十二年（1533）初夏，李开先回到阔别十几载的故乡开始闲居生活，在家乡的园林中建造了不少楼阁亭台，并为这些楼阁亭台题名写联。短暂地告别宦海的钩心斗角，点校朱黄，充满着隐逸林泉之乐，倒也显几分惬意。李开先热爱故乡的佳山佳水，他像一位画家，对山水进行速写式的勾勒，寥寥数笔，景物就清晰地呈现在眼前。故乡的一牛一羊，一鸡一犬，一鸟一鱼，无不触目成趣；信笔所至，便成绝妙的楹联，故乡的景致是多么的美好，这是动态美。读着这些楹联，人们似乎看到了一幅幅简笔画，简洁、朴素、清新、自然，画中勾勒的对象却深深地印在脑海中。

书藏古刻三千卷；

歌擅新声四十人。

李开先爱好藏书，早在他为官之时，薪俸就主要用来购书。回乡后，“起建藏书万卷楼”，购秘籍，“藏书之名闻天下”。朱彝尊有感于李开先藏书，在《明诗综》中说道：“中麓……藏书之富，甲于齐鲁。诗所云：‘岂但三车富，还过万卷余。’又云‘借抄先秘阁，博览及翟昙’是也……予尝借观，爰签帖必精，研朱点勘，北方学者能得斯趣，殆

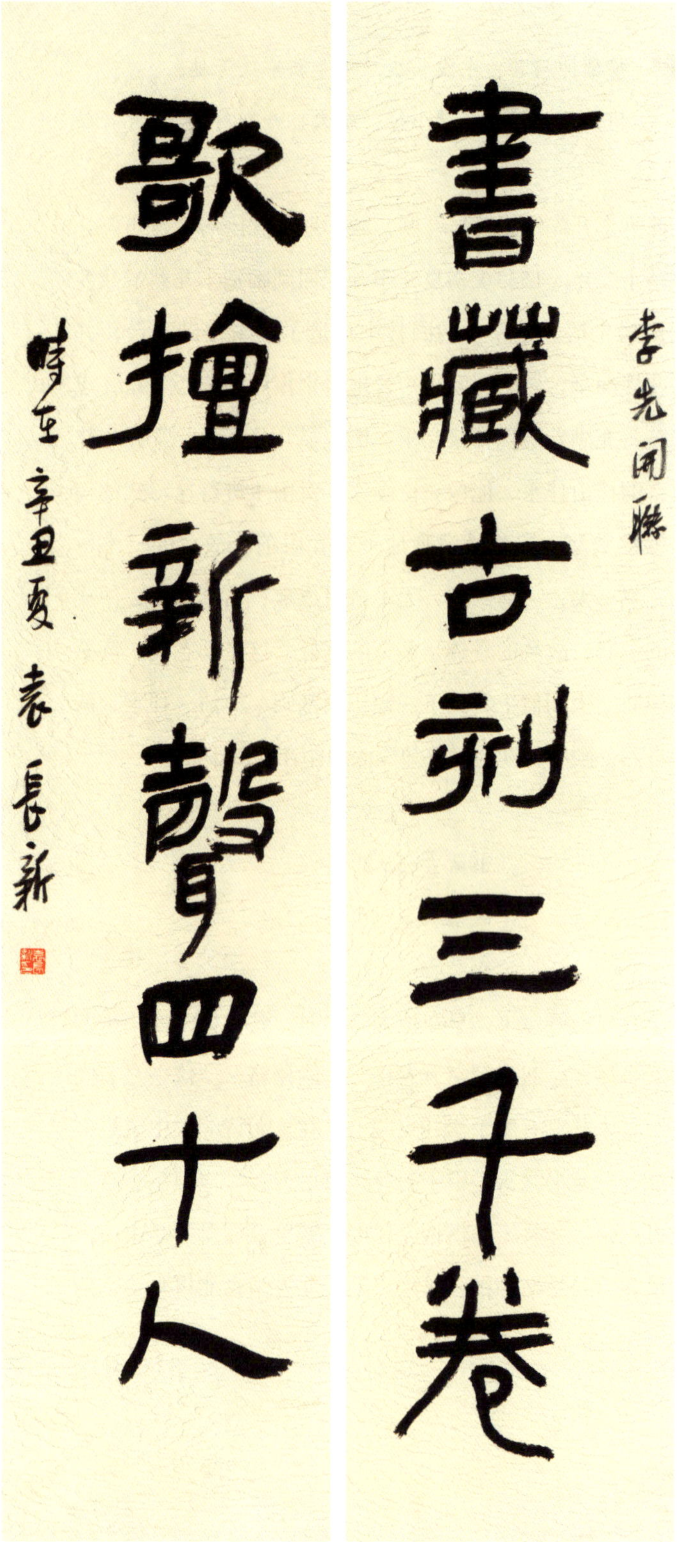

上联 书藏古刻三千卷；

下联 歌擅新声四十人。

无多人也。”上联即指此。李开先又是明代著名的戏曲家，当时左右文坛的王世贞，虽然对他颇有贬词，却不得不承认他是继王九思、康海之后最有成就的戏曲家。他的传奇《宝剑记》改编时融入了自己对权臣奸相的憎恨，处处影射时政，字里行间充满浓郁的政治气息，成为一部新的传奇戏代表作，王世贞曾认为，李开先开了章丘先辈创作的先河。李开先一生除了创作、整理、评论大量戏曲之外，还亲自传授弟子，亲自演奏，为戏曲的发展做出了很大的贡献。下联“歌擅新声四十人”即指此。

钱谦益

钱谦益（1582—1664），字受之，号牧斋，学者称虞山先生，江苏常熟人。明末清初著名的“江左三大家”之一，执东南文坛之牛耳，清初诗坛盟主之一。钱谦益是东林党的领袖之一，官至礼部侍郎。明亡后，马士英、阮大铖在南京拥立福王，建立南明弘光政权，钱谦益依附之，为礼部尚书。后降清，为礼部侍郎。

君恩深似海；

臣节重如山。

钱谦益自题联，此联中的“君恩”“臣节”被很多好事者讥讽嘲笑，因钱谦益是一个极具争议性的人物。钱谦益

上联
君恩深似海；

下联
臣节重如山。

既有士林领袖、文坛盟主、“虞山之学”的美誉，学术思想精深渊博，在明清之际的文坛上，人们仰之若泰山北斗，但也有不忠于明朝而出仕新朝的“贰臣”评价。清军铁骑兵临南京城下，时任南明礼部尚书的钱谦益与大学士赵之龙率百官于南京城外迎降清军，这是失节。降清不久，他又托病还乡，于江苏常熟老家著书立说。晚年他的诗文多故国之思、身世沧桑之感，仍然将自己当作亡国之臣：“冬青树老六陵秋，恸哭遗民总白头。”他秘密联络抗清义师，曾先后与南明桂王政权的大学士、也是他早年的学生瞿式耜，以及郑成功、张煌言等人联系，几倾家产，援助抗清义军，这是守节。钱谦益晚年的种种行为表明，他愧悔交集，这一心态，也展现了一代士人在社稷倾圮之际进退维谷的尴尬处境。陈寅恪先生也客观地说：“牧斋之降清，乃其一生污点。但亦由其素性怯懦，迫于事势所使然。若谓其必须始终心悦诚服，则甚不近情理。”

眼中沧海小；

衣上白云多。

钱谦益题藏书楼绛云楼联。明崇祯十四年（1641），钱谦益59岁，以嫡配礼节迎娶23岁的秦淮八妓之一的柳如是，当时非议四起。婚后，钱谦益为柳如是在虞山盖“绛云楼”，楼中陈列着钱谦益收集的书籍、古玩，包括金石文字、宋刻书数万卷，以及秦汉的鼎彝，晋唐宋元以来的书画

上联 眼中沧海小；

下联 衣上白云多。

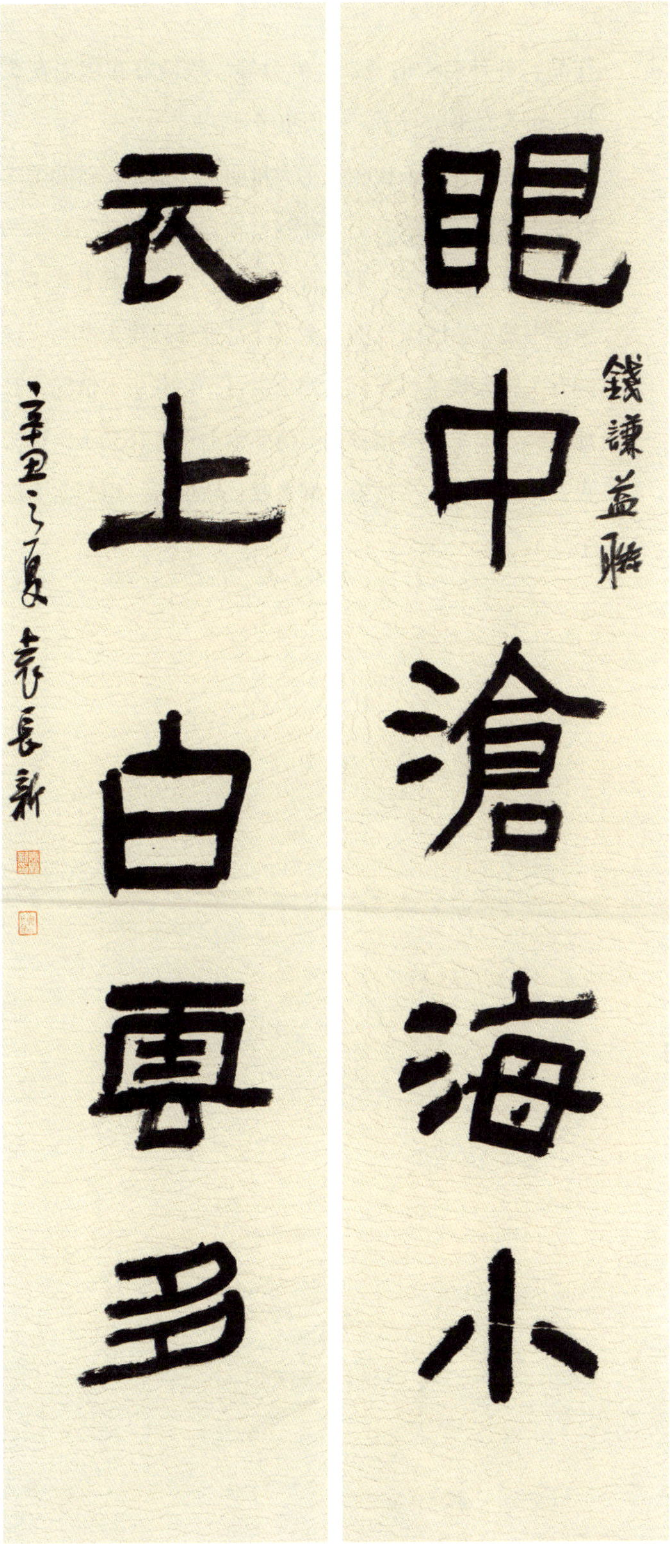

作品，各种名贵的瓷器、砚台等。钱谦益和柳如在藏书楼里，每天看书、写字，做历史考证。

钱谦益在绛云楼收藏了大量明代文献，“益购善本，加以汲古雕镌，舆致其上，牙签宝轴，参差充牣”，积书“大椟七十有三”“至三千九百余部”。人称其藏书几乎可与皇家藏书媲美，时大江南北藏书之富推绛云楼为第一。钱谦益编有《绛云楼书目》，共73个类目，记载版本情况，其中，地志类、天主教类是首创。清顺治七年（1650），绛云楼失火，宋刻孤本大多被毁，闻者叹，“绛云一炬，实为江左图书之厄”。

金圣叹

金圣叹（1608—1661），名采，字若采，明亡后改名人瑞，字圣叹，明末清初苏州吴县人，著名的文学家、文学批评家。金圣叹是中国白话文学研究的开拓者，在提高通俗文学价值方面，卓有远见，被视为中国白话文运动的先驱。前人称赞白话文学大多泛泛而论，他却以细致深入的评点，证明这些作品如何优秀，为何能与经典名作相提并论，白话文学自此在士人间更为流行。金圣叹才华横溢，极具个性魅力，因文学批评和“哭庙案”而名扬天下。

真读书人天下少；
不如意事古来多。

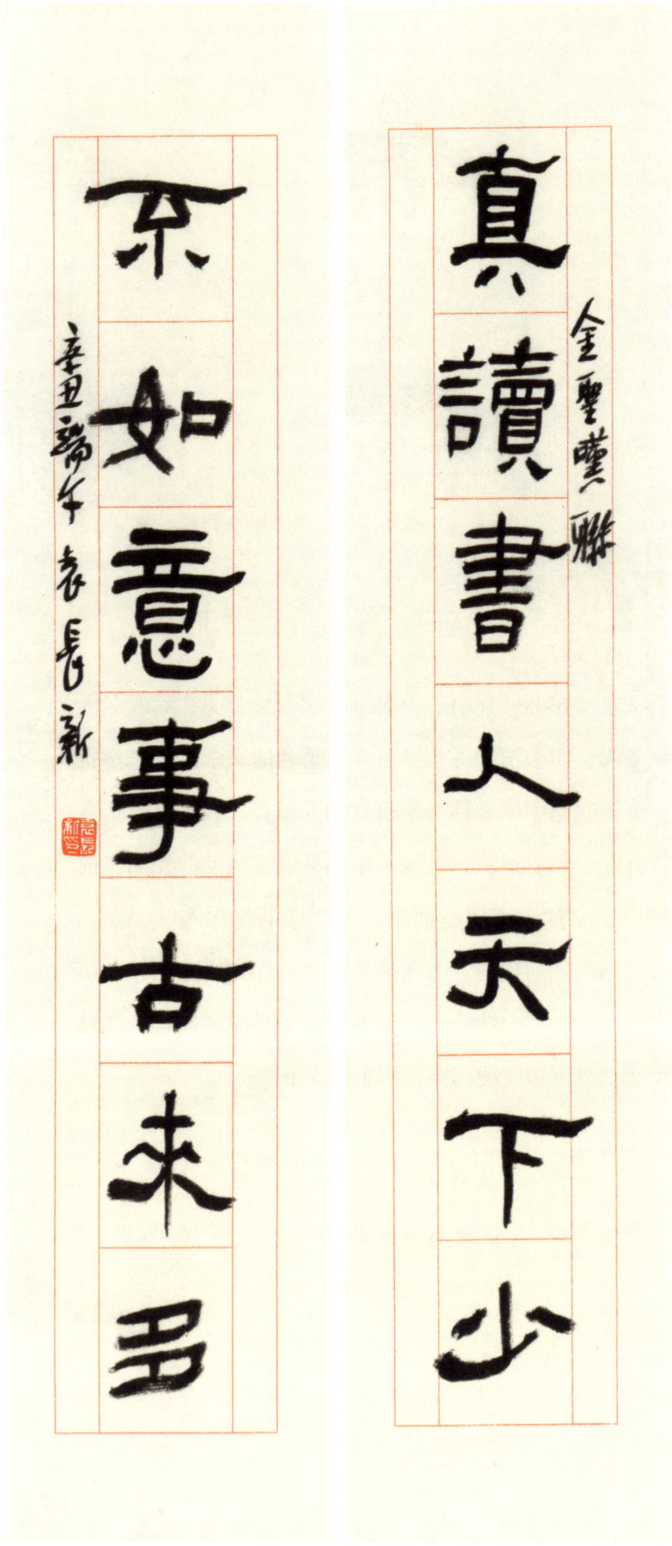

上联 真读书人天下少；

下联 不如意事古来多。

金圣叹博学多识，广涉经史子集和小说戏曲民歌，所批《水浒传》《西厢记》，“灵心妙舌，开后人无限眼界、无限文心”，开启了传统俗文学走向近代的时代，对古文、唐诗的评点，时人“钦其神识，奉为指南”，亦促进了文学经典的普及，他是一个“真读书人”。

作为真读书人的金圣叹才华横溢，时人称其“天才夐绝”“学最博，识最超，才最大，笔最快”。金圣叹不仅对传统的经史子集有较为全面的研究，对佛学禅理亦得独家之悟，登坛讲经，口才捷利，“听其说法，快如利刃，转如风轮，泻如悬河”。除了在经学、史学、文学、佛学方面具有较高造诣外，他在书画艺术上亦颇有才能。才高，期盼亦高，但生活却很无奈，他的一生，是“不如意事”多。因为博学多识、才华横溢，所以一般人不在金圣叹眼里。也因为不如意事多，他的性格变得狂诞，他为人恃才傲物、狂放不羁，悖俗并饶有个性，之所以取名“圣叹”，意思就是“叹息自己生不逢时，否则孔圣人也要惊叹我的才华”。此联可见其狂放，也可窥其迍邅。

莲子心中苦；

梨儿腹内酸。

金圣叹临刑题。清顺治十八年（1661），世祖顺治驾崩，哀诏传至苏州，官府设幕，哭灵三日。当地诸生因吴县知县任维初征索钱粮甚酷，且监守自盗，遂于四日借哭丧之

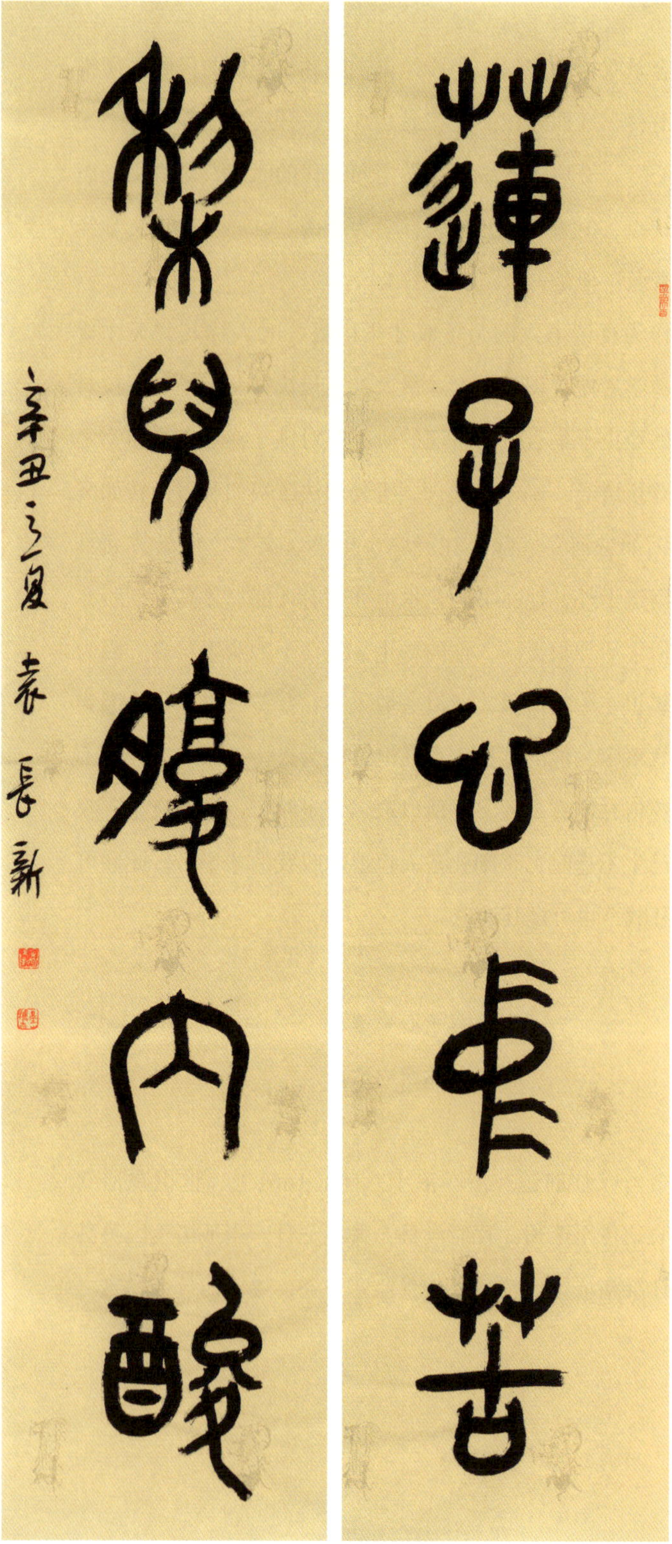

上联 莲子心中苦；

下联 梨儿腹内酸。

机群聚文庙百有余人，随后拥至府衙，向江宁巡抚、按察使等大员跪进揭帖。巡抚朱国治大惊，上疏朝廷，酿成钦案，先后逮捕金圣叹等诸生18人，并查得金圣叹等3人为首鸣钟击鼓，遂以“国丧期间”聚众闹事，“震惊先帝之灵”判监斩，当年秋天18人被斩首于江宁（今江苏南京）。此事起因于聚众哭丧于文庙，史称“哭庙案”，此案是清代最著名的冤案。联语为金圣叹临刑时面对泣不成声的儿子自拟自对，莲谐音怜，莲子即怜子，梨谐音离，梨儿即离儿。

李渔

李渔（1611—1680），字笠鸿，号笠翁，浙江金华人，明末清初文学家、戏剧家、戏剧理论家、美学家，素有才子之誉，世称“李十郎”，其所撰《笠翁对韵》是学习古典诗词的重要启蒙读物。李渔是清代较早致力于撰写楹联序言的联家，其楹联序言全部是散文形式，在他之后，俞樾也致力于序言的撰写。李渔除了在楹联序言上取得成就之外，楹联创作也较为可观。

孙楚楼边觞月地；
孝侯台畔读书人。

李渔题芥子园联。联后自注：“此予金陵别业也。地止

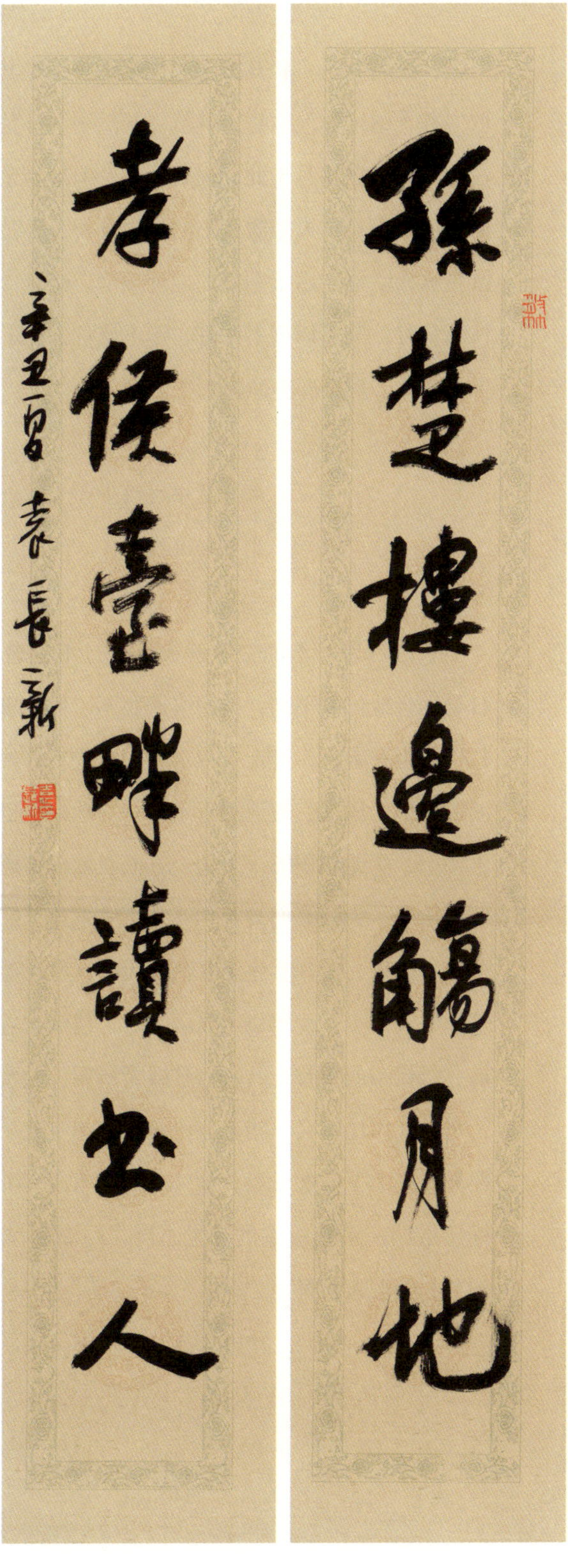

上联 孙楚楼边觞月地；

下联 孝侯台畔读书人。

一丘，故名芥子，状其微也。往来诸公，见其稍具丘壑，谓取‘芥子纳须弥’之意，其然岂其然乎。孙楚酒楼，为白门古迹，家太白觞月于此。周处读书台旧址与余居址相邻。”周处读书台是文人隐居读书的理想场所，孙楚楼则可乘兴狂饮高歌，联语点出了别墅的地理环境，幽雅、风雅，既可以饮酒赏月，又可以读书明理，读书修性，是旧式文人的理想生活之地，寄寓着李渔的人生理想。

绣衮丛中衣褐士；
少年场上杖藜人。

京邸自署。李渔交游遍天下，且不乏名士达人，但他自身社会地位并不高，他始终摆脱不了优伶事人的阴影，而且毕生为稻粱谋，奔走于权贵之门，成为打抽丰的常客。李渔的生平、风度、遭遇更近于柳永。他自己也说：“予作一生柳七，交无数周郎。”他一方面在歌台舞榭中击节按拍，偎红倚翠，为富豪们溜须拍马，买笑追欢，但心底却又感到荒凉与落寞，对现实生活悲愤又无奈，所以他称自己是“绣衮丛中衣褐士；少年场上杖藜人”。绣衮，古代富贵达人。褐，指粗布或粗布衣，古时贫贱者所服。杖藜，谓拄着手杖行走，此用比喻义，指心态沧桑。李渔身处明清易代之际，在异族统治下心态矛盾，他一方面“不改其节”，一方面又标榜低调、不走极端的处世态度，与新朝“不合作，不抵抗”，受世人误解。

上联 绣衮丛中衣褐士；

下联 少年场上杖藜人。

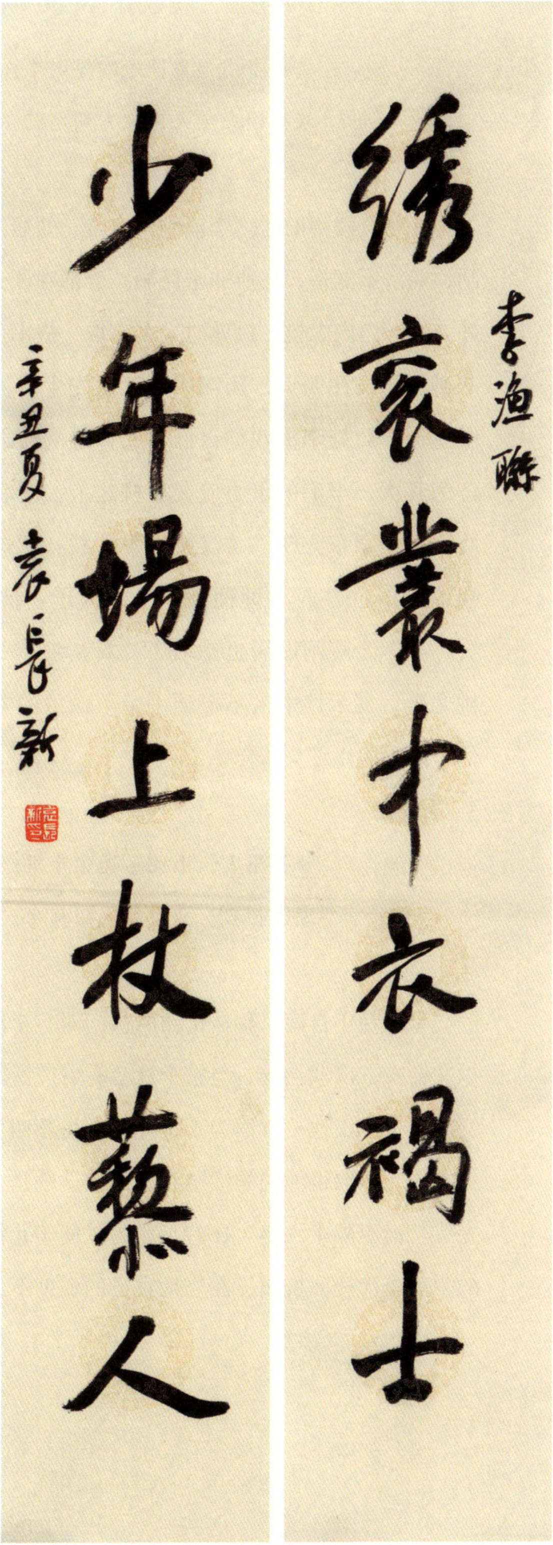

二柳当门，家计逊陶潜之半；
双桃锁户，人谋虑方朔之三。

戏题金陵闸旧居。李渔刚到金陵，暂居秦淮河畔的金陵闸，经济不宽裕，住所非常简陋。李渔在联旁自注曰：“门外二柳，门内二桃，桃熟时人多窃取，故书此以谑文人。”二柳，用陶渊明典，陶渊明《五柳先生传》称自己“箪瓢屡空”，此处李渔戏称自己“家计逊陶潜之半”，实际经济为其次，李渔的重心应在五柳之节。下联“方朔”，指西汉文学家东方朔。《汉武故事》载：“短人指（东方）朔语上曰：‘西王母种桃三千岁为子，此儿已三过偷之矣。’”金陵闸旧居也是书店“翼圣堂”书店，下联借偷桃之事，警示读书人不要顺手牵羊偷他的书，也即自注里的“故书此以谑文人”。

繁冗驱人，旧业尽抛尘市里；
湖山招我，全家移入图画中。

李渔晚年自南京移居杭州所撰门对。李渔居金陵20年，以文会友，以戏会友，与整个社会有着广泛而频繁的接触，交游面极广。他一方面为了生计，不得不四处奔走，交结官吏友人，以取得他们的馈赠和资助，这就是上联的“繁冗驱人”。清康熙十六年（1677），为了便于儿子回原籍应试，67岁的李渔迁回杭州，在当地官员的资助下，李渔买下了吴

上联

二柳当门，家计逊陶潜之半；

下联

双桃锁户，人谋虑方朔之三。

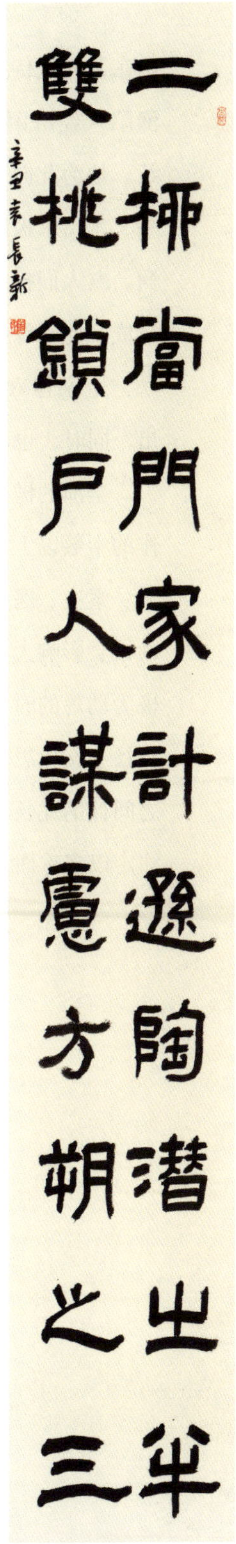
二柳當門家計遜陶潛之半
雙桃鎖戶人謀慮方朔之三

山东北麓张侍卫的旧宅，开始营建“层园”。刚到杭州，李渔陷入经济困境，连正在修订的《笠翁一家言》也难以继续。他为此向京师老友写了一封公开信《上都门故人述旧状书》，请求援助，其所述景况，所兴感慨，无不让人痛心怜悯。友人们投以援助，在朋友、官员们的资助下，次年层园修成。此园缘山而筑，坐卧之间都可饱赏湖山美景，这是下联“全家移入图画”所指，也是上联“旧业尽抛”之语所出，同时，也与上联“繁冗驱人”形成鲜明对比。

李渔的楹联，以题赠、庆贺联居多，仅题赠联就占其联作的半数以上。赠贺对象，上自相国、尚书、将军，下至司狱、案吏、医士、裱工、卜者，因而作品传播范围广，产生的社会影响大。他生活在明末清初，这是我国历史上又一个极为动荡的时期，政治、经济都发生了一系列深刻的变化。在社会文化思想上，则表现为传统道德文化与新兴功利文化之间彼消此长、此起彼伏的冲突。在这时代的洪流中，李渔注定以多重面目出现在人们的面前。

郑燮

郑燮（1693—1766），字克柔，号板桥，人称板桥先生。世居苏州，明洪武间迁居兴化，清康熙秀才，雍正举人，乾隆进士，清代书画家、文学家。郑板桥客居扬州时以卖画为生，为“扬州八怪”重要代表人物。他一生只画兰、竹、石，其诗、书、画，世称“三绝”。

郑板桥认为他懂竹子与兰，他认为竹、兰能“解人”，他所画的兰、竹、石都被人格化了。这些物经常出现在郑板桥的笔下，因为他赞赏它们的高贵品格。他在画上题“有兰有竹有石，有节有香有骨。任他朔雪严霜，自有春风消息”“四时不谢之兰，百节长青之竹，万古不移之石，千秋不变之人。写三物与大君子为四美也”。他的自题联中也多次咏竹与兰。

伴我书千卷；
可人竹一丛。

又

咬定一两句书，终身师保；
栽成五七竿竹，满目儿孙。

又

贫不卖书留自读；
老犹栽竹与人看。

又

格超梅之上；
品在竹之间。

又

墨兰数枝宣德纸；
苦茗一杯成化窖。

郑板桥以“怪”而家喻户晓，千古留名，在诗、书、画等方面标新立异，努力突破传统，走出自己的创作路子。郑板桥的绘画题材主要是兰、竹、石，偶尔涉及松、梅、菊、泉、虾、蟹，以及莲蓬、花瓶、花盆等静物。他对笔下的兰、竹、石形象进行了高度的艺术概括，可以用“瘦竹”“磐石”和“茂兰”来形容。他画的竹子很瘦，给人的印象总是几竿清瘦的竹子，或迎风摇曳，或静穆安详。他画的竹竿，几乎“瘦”到了不能再“瘦”的程度，因为大多数竹竿的粗度都小于竹叶的宽度，真是夸张到了极致。然而，

上联 伴我书千卷；

下联 可人竹一丛。

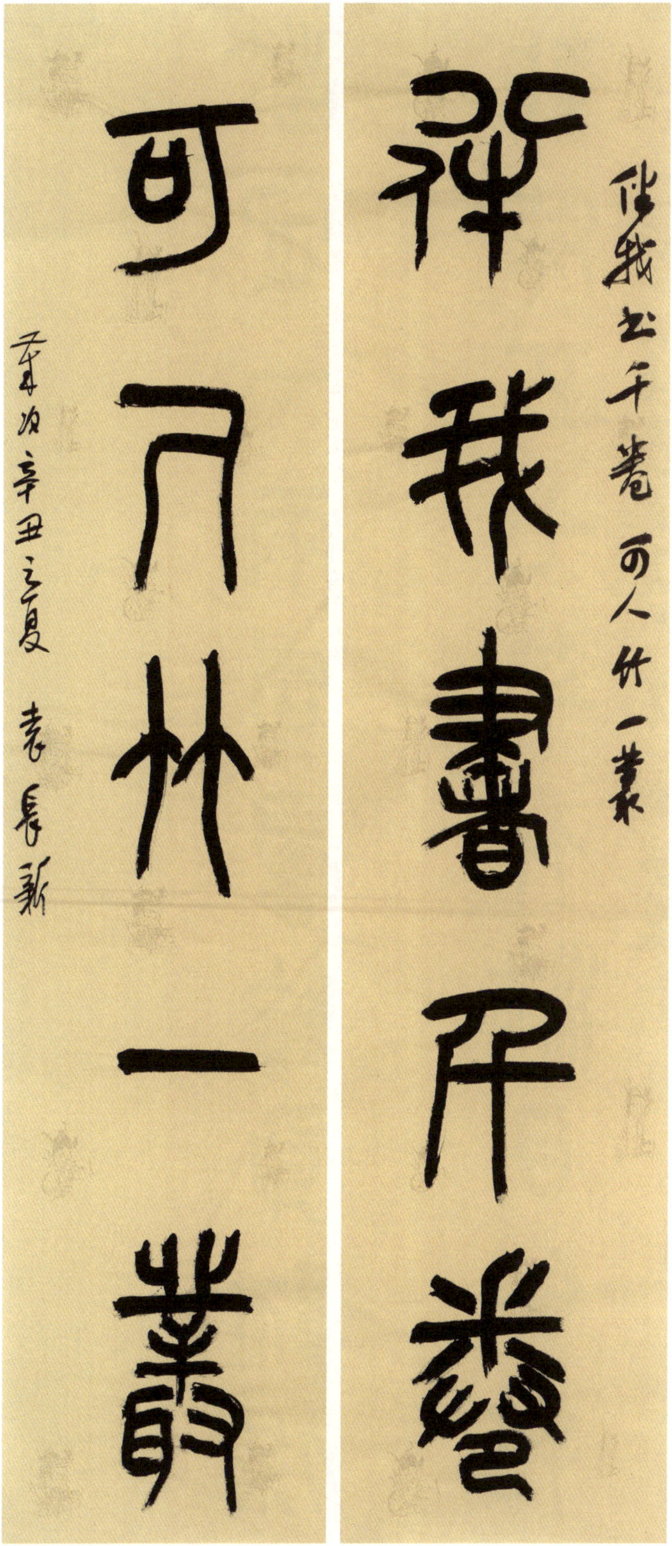

上联　咬定一两句书，终身师保；

下联　栽成五七竿竹，满目儿孙。

上联 贫不卖书留自读；

下联 老犹栽竹与人看。

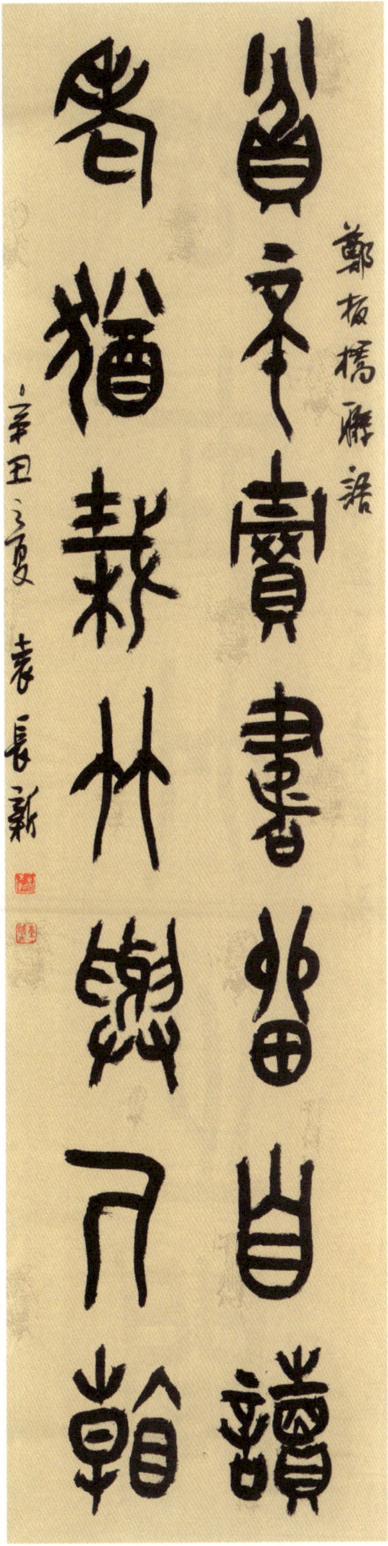

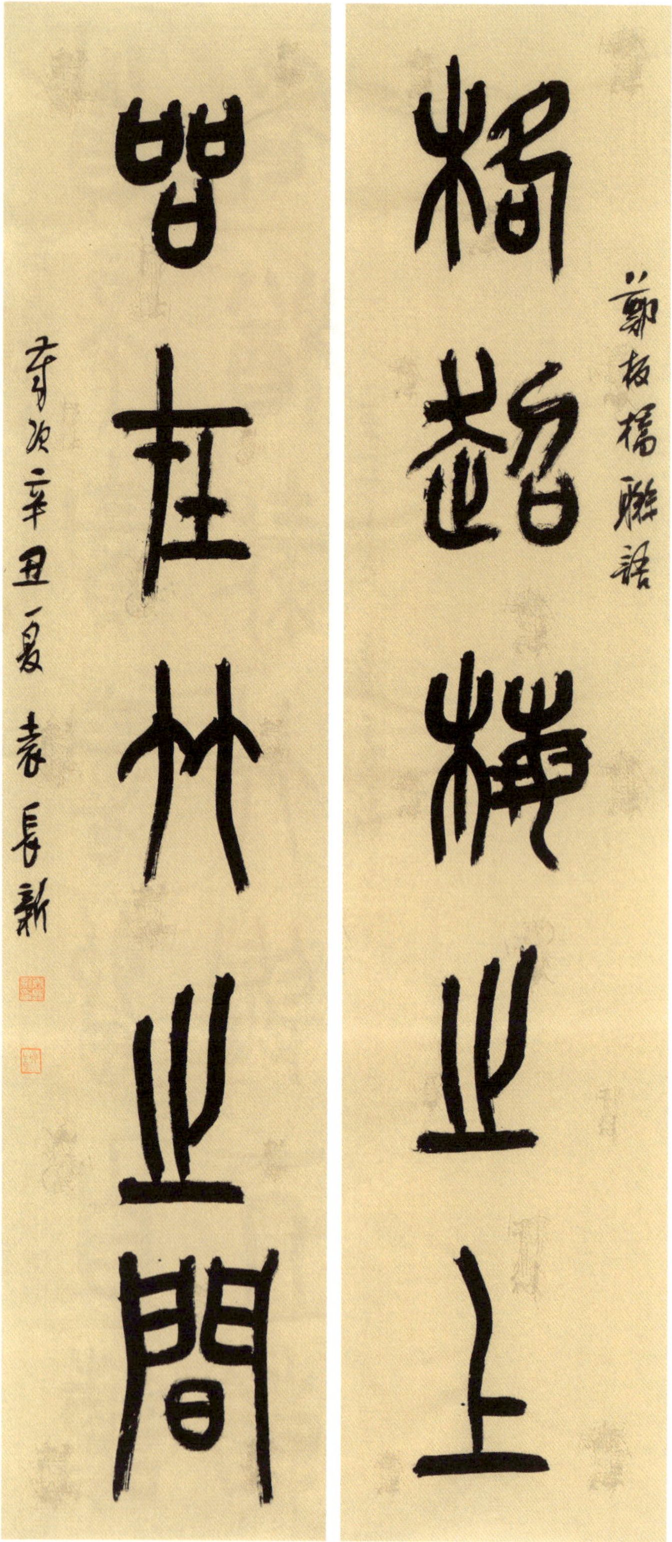

上联 格超梅之上；

下联 品在竹之间。

上联　墨兰数枝宣德纸；

下联　苦茗一杯成化窑。

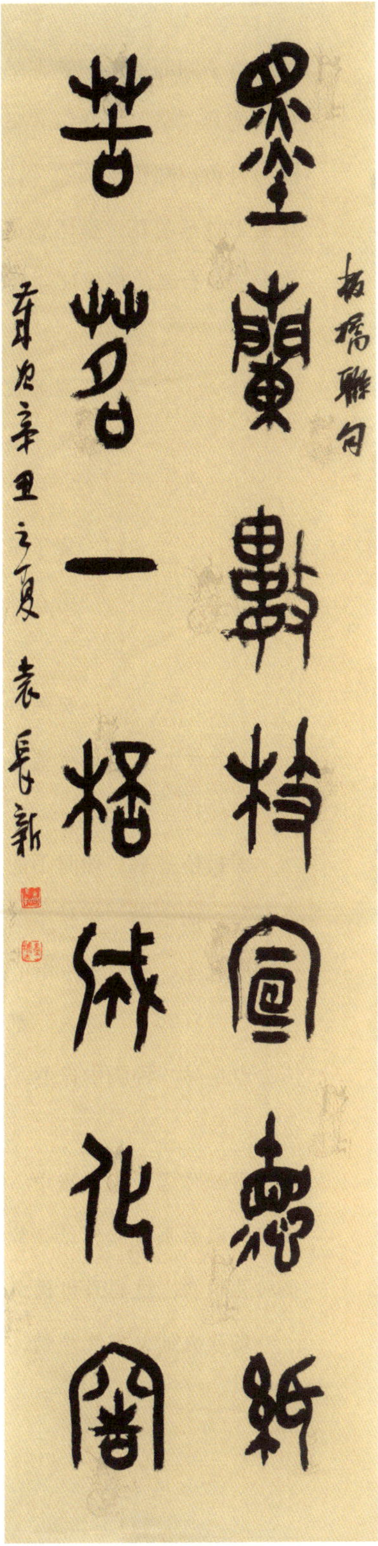

他的竹子细而不弱，姿态坚挺。郑板桥表现石头的审美特征是强调其“坚”，并以“坚”喻人。他对自己画中的石头也极为自负。郑板桥画的兰花非常茂盛，磐石上常布局有数丛甚至十数丛兰花，整体感觉茂密繁盛，具有旺盛的生命力。竹、兰、石之品格象征郑板桥用联语在自己身上呈现出来。

老圃老农，吾不如也；

一丘一壑，自谓过之。

又

富于笔墨穷于命；

老在须眉志在心。

又

风吹柳絮为狂客；

雪逼梅花做冷人。

郑板桥曾慕“四时不谢之兰，百节常青之竹，万古不败之石”，而欲做“千秋不变之人”，又经一番宦海沉浮却不得舒展其志，所以愈加醉心于诗书画中，“一丘一壑”“志在心”“狂客”“冷人”都是生活中郑板桥对自己形象的定位，也是另一种胸中丘壑，这种胸中丘壑使他很另类。

常如作客，何问康宁，但使囊有余钱，瓮有余酿，釜有余粮。取数页赏心旧纸，放浪吟哦，兴要阔，皮要顽，五官灵动胜千官，过到六旬犹少；

定欲成仙，空生烦恼，只令耳无俗声，眼无俗物，胸无

上联
老圃老农，吾不如也；

下联
一丘一壑，自谓过之。

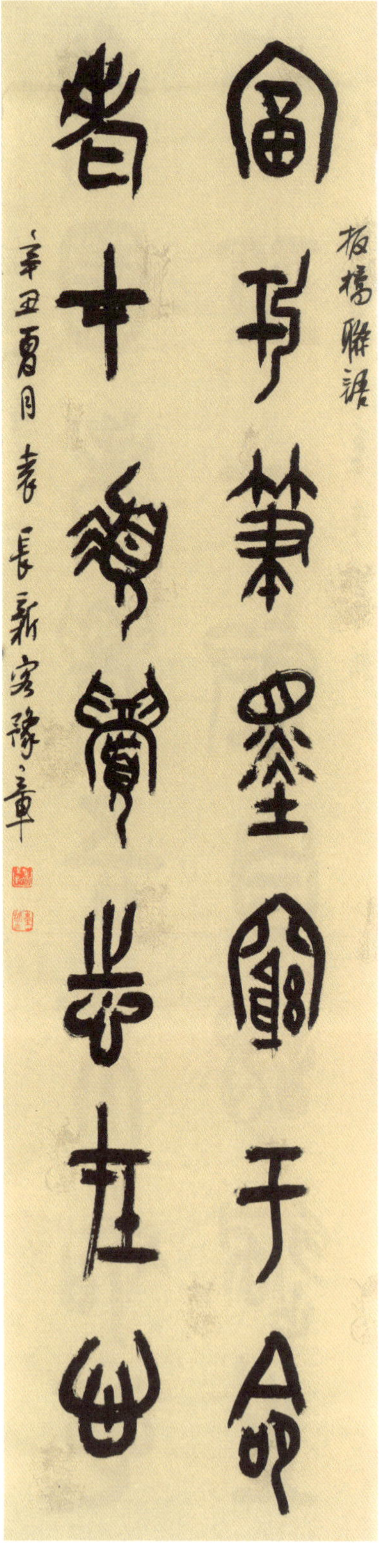

上联 富于笔墨穷于命；

下联 老在须眉志在心。

上联 风吹柳絮为狂客；

下联 雪逼梅花做冷人。

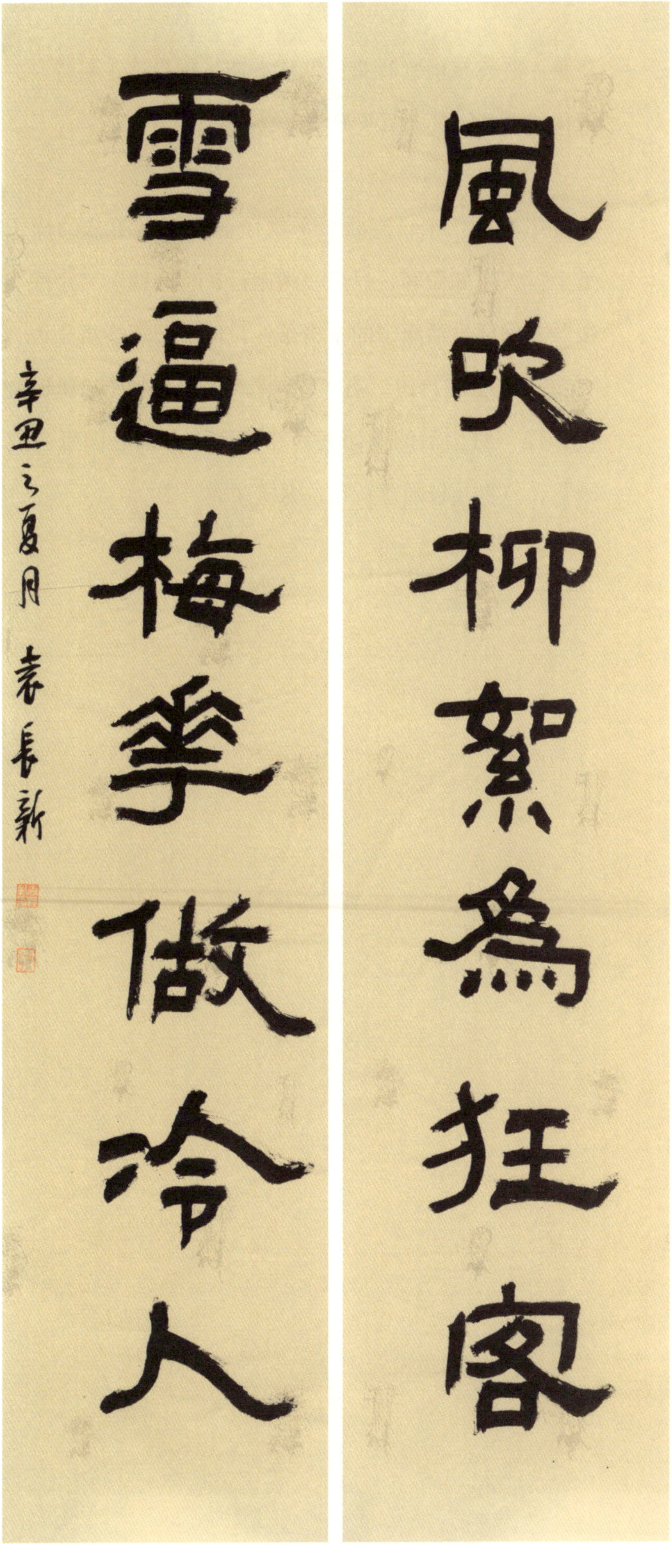

俗事。将几枝随意新花，纵横穿插，睡得迟，起得早，一日清闲似两日，算来百岁已多。

郑板桥六十自寿联，一副怪诞、玩世不恭的样子跃然纸上。人生如做客，只是一趟旅行，“余钱”“余酿”“余粮”是保证生活康宁的基本条件，但对于郑板桥来说，人生更要有思想的自由，有“赏心”，要任啸傲。郑板桥的另类、怪，对生活的调谑表现在“取数页赏心旧纸，放浪吟哦”，“将几枝随意新花，纵横穿插”中。

袁枚

袁枚（1716—1798），字子才，号简斋，晚年自号仓山居士、随园主人、随园老人。钱塘（今浙江杭州）人。清朝乾嘉时期代表诗人、散文家、文学批评家。袁枚倡导“性灵说”，主张诗文审美创作应该抒写性灵，要写出诗人的个性，表现个人生活遭际中的真情实感，与赵翼、蒋士铨合称“乾嘉三大家”，或“江右三大家”。

放鹤去寻三岛客；

任人来看四时花。

袁枚撰随园联。清乾隆十四年（1749），袁枚父亲去世，他辞官养母，在江宁（今南京）购置隋氏废园，此乃康

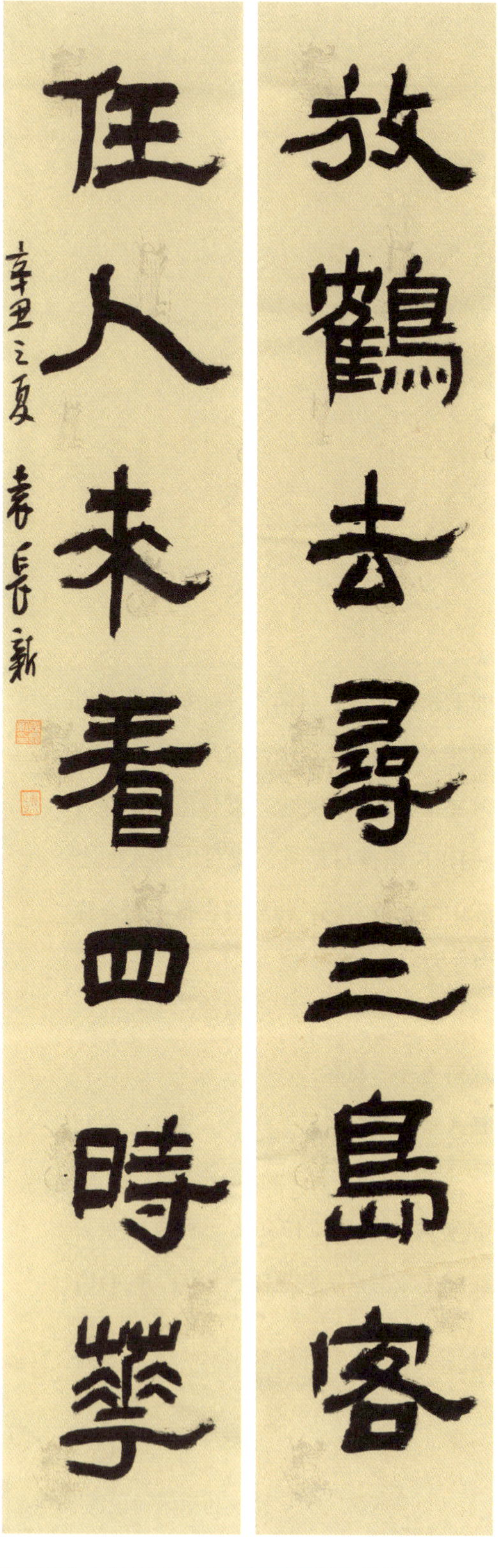

上联 放鹤去寻三岛客；

下联 任人来看四时花。

熙织造隋公之园，废弃已久，破败零落，袁枚出资购置，易“隋”为“随”，取名“随园”。袁枚辞官后对随园“一造三改”，因地制宜，顺应自然，将随园建成一个集山水人文景观于一体、清幽迷人的私家园林，吸引四方诗人来此雅集。上联用林逋的典故写自己的归隐生活，林逋以梅为妻，以鹤为子，每外出，有客来访，鹤即飞来通报。三岛客，传说东海仙人居住在蓬莱、方丈、瀛洲三岛。下联写随园的随性适意，随园四面无墙，每逢佳日，游人如织，袁枚亦任其往来，不加干涉。

此地有崇山峻岭茂林修竹；
是能读三坟五典八索九丘。

上联指随园的园林景致。随园是文人园林中规模较大者，所纳之景比一般园林更丰富，袁枚设计随园时，力求实现“壶中天地”“须弥芥子”的最高境界。下联是袁枚矜夸自己博学。袁枚一生读书无数，学问渊博，但《三坟》《五典》《八索》《九丘》都是先秦失传的典籍，下联只是诗人的一种艺术手法，此联挂出后有时人以此挤对于他。

明月清风不用买；
名花美女时有来。

袁枚撰小仓山房联。上联指随园的自然景致，下联指

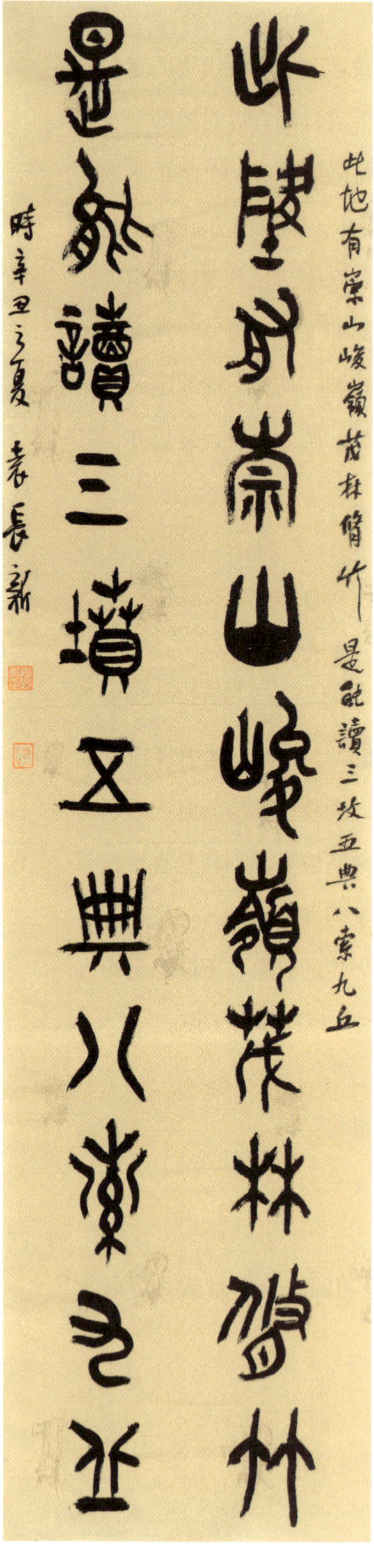
此地有崇山峻嶺茂林脩竹
是能讀三坟五典八索九丘
時辛丑之夏
袁長新

上联

此地有崇山峻岭茂林修竹；

下联

是能读三坟五典八索九丘。

上联 明月清风不用买；

下联 名花美女时有来。

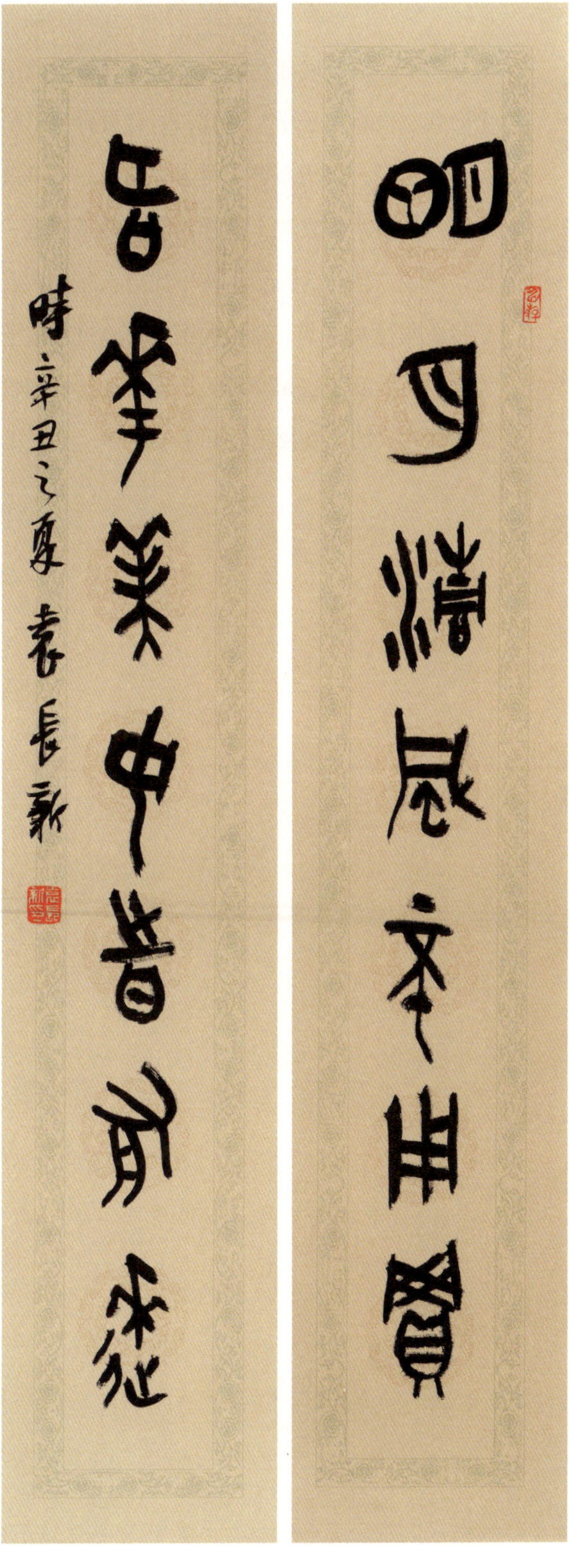

向女弟子。袁枚晚年招收女弟子，属惊世骇俗之举，因为那个时代，没有女子学堂教育，封建教育观阻断了女子受正规教育的途径，女子不可以科考求功名，不可以介入政治，甚至不该作诗。但袁枚不这样认为，他不同意“女子无才便是德”之说，他认为女子写诗不比男人差。在袁枚之前，明代李贽曾收过女弟子，清初的毛西河收过女弟子，但都是偶尔为之，所收女子也是个别人，像袁枚这样招收40多位女弟子是前无古人的。袁枚招收女弟子之举，可谓开一时之风气。

纪昀

纪昀（1724—1805），字晓岚，河北献县人。纪晓岚为世人所瞩目的文化成就主要有两项：一是奉旨主持编纂了《四库全书》，二是晚年写了一部“追录旧闻，姑以消遣岁月”的随笔杂记《阅微草堂笔记》。

两登耆宴今犹健；

五掌乌台古所无。

纪昀自题联。纪昀于清乾隆六十年（1795）曾赴千叟宴。清嘉庆七年（1802），纪昀八十寿辰，嘉庆帝派员“赏赉珍币”，颁赐珍品，亲朋故吏齐聚一堂，为之祝寿。乌台，御史台的俗称，清代称都察院，纪昀于清乾隆五十年

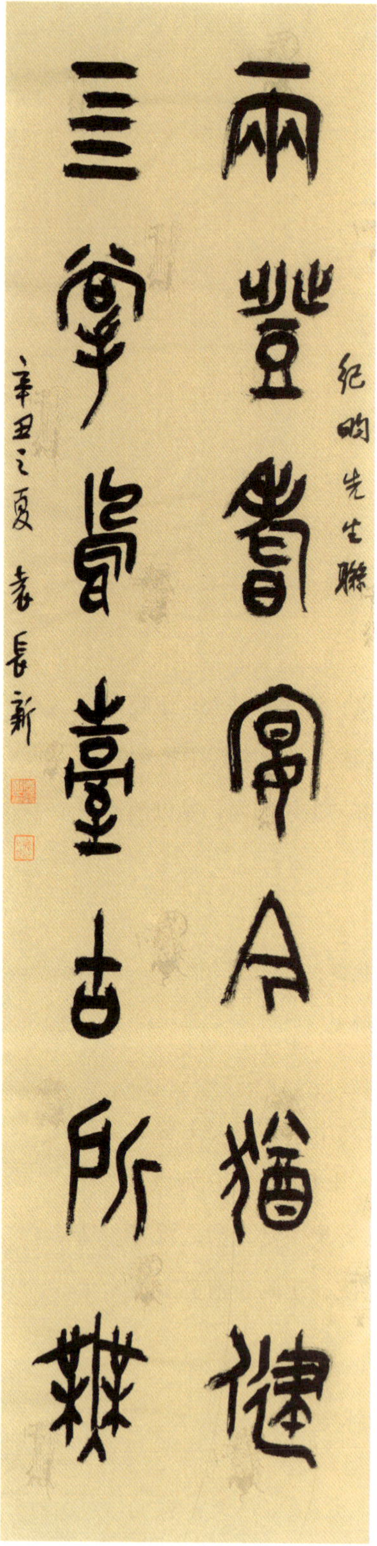

上联 两登耆宴今犹健；

下联 五掌乌台古所无。

（1785）正月擢左都御史，清乾隆五十七年（1792）复迁礼部尚书，仍兼代左都御史，清嘉庆元年（1796）又从兵部尚书再调任左都御史。

浮沉宦海如鸥鸟；

生死书丛似蠹鱼。

纪晓岚自挽联。上联是纪昀对自己人生的感慨。纪昀似乎官运亨通，做到尚书、大学士高位，但他12岁入京读书，一生中有50多年是在外地度过的，且有过贬谪新疆的经历，在总纂《四库全书》的过程中，又经常因文字原因被问罪，他也无数次地深深陷入宦海浮沉所带来的惶恐、失望、绝望之中。下联指纂修《四库全书》过程中的万千滋味。蠹鱼，喻死啃书本的人。

乾隆帝在位期间，正值清朝鼎盛之时，清乾隆三十七年（1772）时下诏，开四库全书馆。纪晓岚因为“荷先帝特达之知，独蒙学问素优之誉”而担任总纂官。总纂官的任务是总揽全局，“撮举大纲”，主持全书的编纂勘阅等事宜，发挥“斟酌综核”的主导作用。纪晓岚与3600名文人学者，历经10余年将这部中国历史上最大的丛书编修成功。每当一部书籍校订完成，就由馆臣写好一篇提要置卷首，简述该书的“大旨及著作源流”，列“作者之爵里”“考本书之得失”，以及辨订“文字增删，篇帙分合”等，最后由总纂官纪昀修改、润色，并成一书，称《四库全书总目提要》。

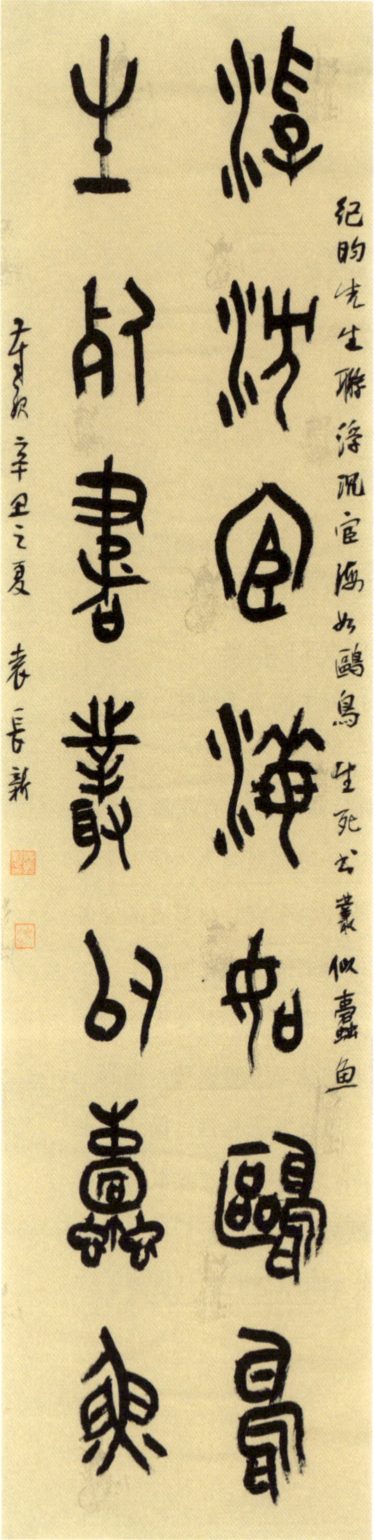

上联　浮沉宦海如鸥鸟；

下联　生死书丛似蠹鱼。

在此书撰述过程中，纪晓岚不仅要总揽全局，斟酌体例，主纂按语，润色文字，亲手删定，还要主持校勘工作，编注提纲，修改提要稿，校录子部，给经部诗类写小序等。

《四库全书总目提要》作为一部较为系统且内容充实的书目工具书，显示了纪晓岚的目录学和校勘学造诣，而且对于现在的我们来说还有很大的查阅参考作用，这部书也把纪晓岚推向了人生价值和学术发展的巅峰。

梁章钜

梁章钜（1775—1849），字闳中、茝林，号茝邻，晚年自号退庵，祖籍福建长乐，清初迁居福州。他生长在书香世业之家，幼而颖悟，嘉庆年间进士，官至两江总督兼两淮盐政，生平著作有《楹联丛话》《枢垣纪略》《退庵随笔》《文选旁证》《归田琐记》《浪迹丛谈》等70余种刊行于世。梁章钜因著有《楹联丛话》系列，被誉为联话开山之祖，他不仅是一位理论批评家，又是一位勤于创作、将自己的理论运用于实践的联家。他没有专门的楹联集子，联语作品散见于他的联话著作中，传世联作约100副。

芝南山馆

历中外廿年身，宦海扁舟，万顷惊涛神尚悚；

就高低数弓地，儒宫环堵，三竿晓日梦初醒。

梁章钜58岁引疾归里时所题。当时梁章钜得到了《芝南山阁》画卷，因之书写“芝南山馆”匾挂于厅中，寓知难而退之意。他在《楹联丛话》中说：“余于五十八岁引疾归里，有口号云：‘择里仍居黄巷宅，辞官恰及白公年。’李兰卿以此十四字作分书楹联相赠，时方得文衡山《芝南山阁》画卷，余自书‘芝南山馆’匾于厅事，盖寓知难而退之意。”梁章钜历任礼部主事，军机章京，礼部员外郎，湖北荆州知府，江苏、山东、江西按察使，江苏、甘肃布政使，广西、江苏巡抚，两次兼署两江总督等职。清道光二十二年（1842）因病无法理政，奉旨开缺调理。

梁章钜处在一个社会转型时期，鸦片战争爆发，不仅社会性质发生变化，时代也由传统进入近代，社会由封闭走向开放。梁章钜坚定地拥护林则徐的抗英路线，也曾亲自督兵镇守与广州接壤的梧州，勘查山势地形，在广西开展禁烟运动，时代的浪潮，真如“万顷惊涛”，退居旧里时，回想起来“神尚悚”。里居期间辟地读书修书，沉潜于书间，不单纯是生活中的“三竿晓日梦初醒”，更有思想的蜕变。梁章钜与同时代的知识分子一样，面对时代巨变，内心深处必然充满着疑问、焦虑、煎熬、思考，最终发生蜕变，“晓日梦初醒”。

百一峰阁

平地起楼台，恰双塔雄标，三山秀拱；

披襟坐霄汉，看中天霞起，大海澜回。

梁章钜的黄巷故居有黄楼。黄巷是唐末进士黄璞的故居所在地，梁章钜住在这里的时候，重修了黄楼，把这座院子变成了一座小园林，黄楼最高处叫百一峰阁，百一峰阁联描写了黄楼最高处的景致。三山二塔至今仍是福州的地标，人文历史悠久。三山指屏山、于山与乌山，被称为福州三山。屏山，又称越王山，因形如屏风而得名，乃福州之屏障。于山，又名九仙山，历史悠久，其上有著名的鳌峰。双塔指于山白塔和乌山乌塔。福州地处闽江下游，背山、依江、面海，闽江、乌龙江穿城而过，故下联有“大海澜回”。

百一峰阁左楼

藏名诗酒间，竹屋纸窗清不俗；

养拙江湖外，风台月榭悄无言。

藤花吟馆

有客醉，无客睡，福简简，吁可愧；

长歌粗，短歌疏，诗平平，聊自娱。

梁章钜爱诗，曾自言：“某平生精力，半耗于仕宦，亦半耗于诗。”他并非一流的诗人，但与诗友交游酬唱频繁，热衷诗社活动，家居福州时曾先后开设藤花吟社、三山吟社，在百一峰阁左楼编纂《全闽诗钞》。梁章钜生性喜酒，有时堪称豪饮。名，是封建时代士子读书立德立功立言的动力；拙，则是在追求功名期间心灵的退守与慰藉。第一副联上下联的后半句用词造语富有诗味。第二副联中作者似一个

上联

有客醉，无客睡，福简简，吁可愧；

下联

长歌粗，短歌疏，诗平平，聊自娱。

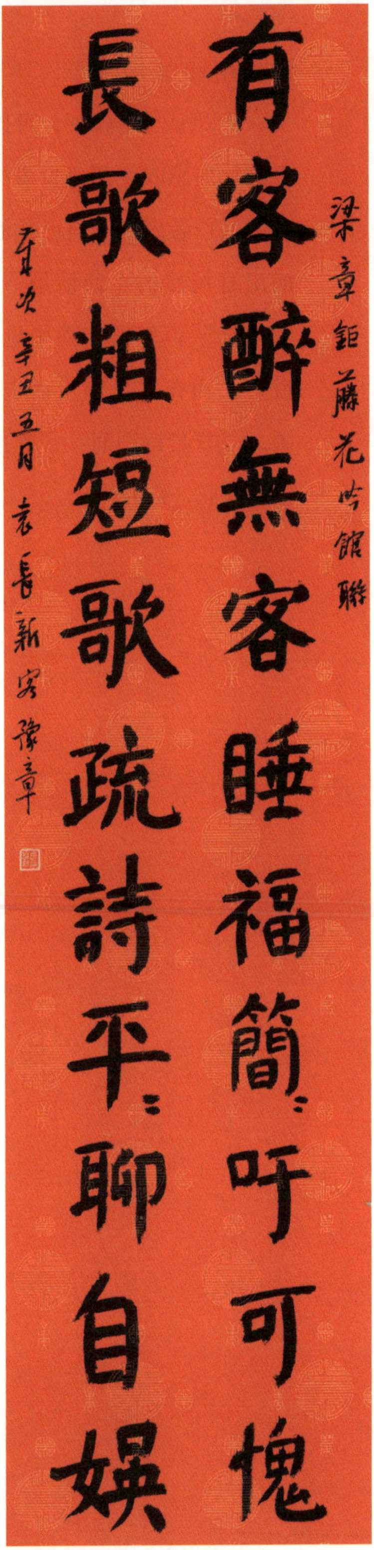
有客醉無客睡福簡簡吁可愧
長歌粗短歌疏詩平平聊自娛

潇洒闲淡的诗叟。

从以上几副联中，可以看到梁章钜的心胸抱负、对人生的坎坷感叹、历经世事风波之后的那份淡定。在这几副联中，作者融入了自己的心性、习尚，素描式地勾勒出了淡出官场后的生活情景，平和中见几分放旷，如“披襟坐霄汉”；僻居一隅中见几分雅致，如“竹屋纸窗清不俗”。而在这风雅生活中也约略可见作者心底的一丝微澜，“藏名诗酒间”“养拙江湖外”，这些摇曳着作者性情的楹联，别有风味。

林则徐

林则徐（1785—1850），字元抚，又字少穆，晚号俟村老人，福建侯官县人，清代政治家、思想家、诗人。官至一品，曾任湖广总督、陕甘总督和云贵总督，两次受命钦差大臣，因其主张严禁鸦片，有“民族英雄”之誉。

苟利国家生死以；
岂因祸福避趋之。

虎门销烟是林则徐一生辉煌的顶峰。前往广州禁烟时林则徐就已经意识到这是一次“生死之行”，但他还是义无反顾，毅然前行，并表示“若鸦片一日未绝，本大臣一日不回，誓与此事相始终”。然而因为牵涉太多方面的利益，林

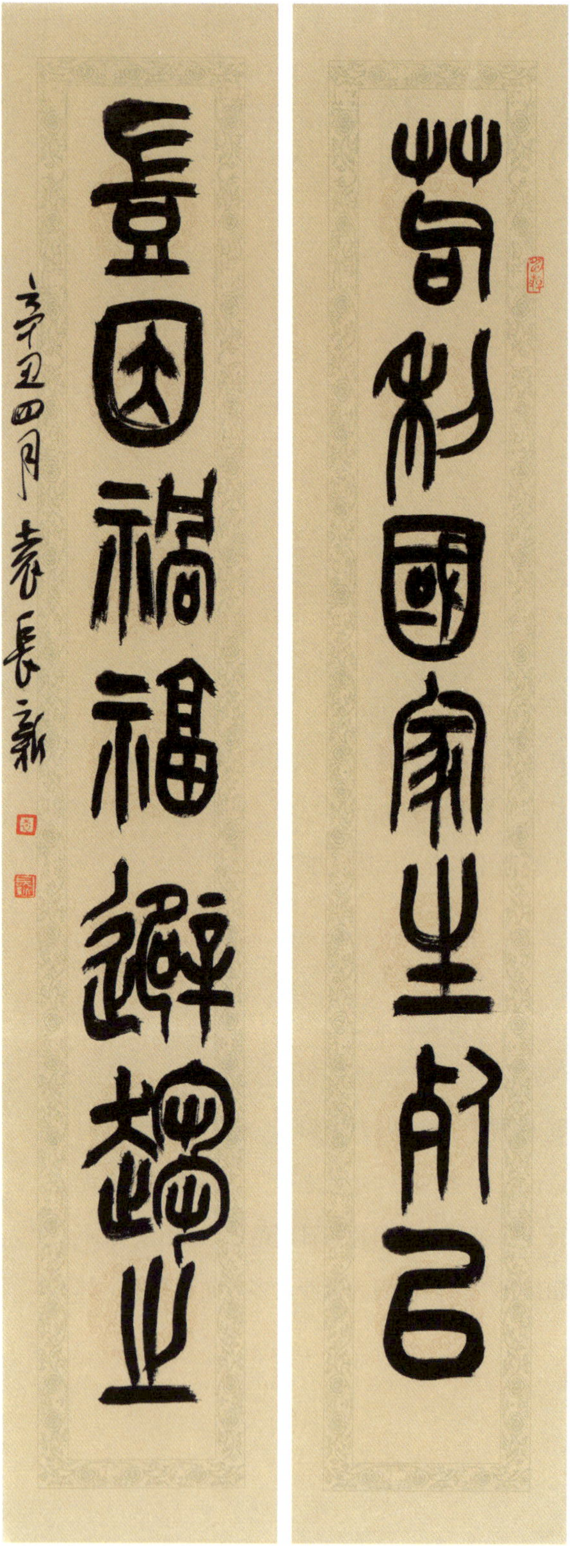

上联 苟利国家生死以；

下联 岂因祸福避趋之。

则徐最终蒙冤革职。革职后林则徐仍奔走察看要隘，筹募壮勇守卫广州，反对钦差大臣琦善畏敌求和的主张。禁烟关乎国家之利，他不会计较个人祸福，不会“因祸福避趋”。

海纳百川，有容乃大；

壁立千仞，无欲则刚。

林则徐为近代中国第一个睁眼看世界的人，他深深知道“海纳百川，有容乃大”，充军伊犁途经扬州时，尽管身处厄境，仍一心为国，他把《四洲志》等有关资料交给了友人魏源，魏源随后编出《海国图志》，“师夷长技以制夷”的著名思想，正是源自此书。一心为国，不因祸福避趋之外，还要有“无欲则刚”的浩然正气，这“欲”，有名之“欲”，有“利”之欲，于林则徐而言，一概摒弃之。在贪污腐化成风的晚清，林则徐实为一道独特的风景，这源于他的清正、廉洁，其根本就是“无欲则刚”的凛然正气。当他以钦差身份前往广州时，告知沿途官吏，“自雇轿夫，自雇大车”“各州县不必另雇轿夫迎接”，表示此行“所有公馆只用家常饭菜，不必备办整桌酒席。尤不得用燕窝，烧烤，以节靡费”。到广州后，又张贴告示，申明“公馆一切食用，均系自行买备，不收地方供应”，并严格要求下属不许暗收贿赂，否则严加惩处。

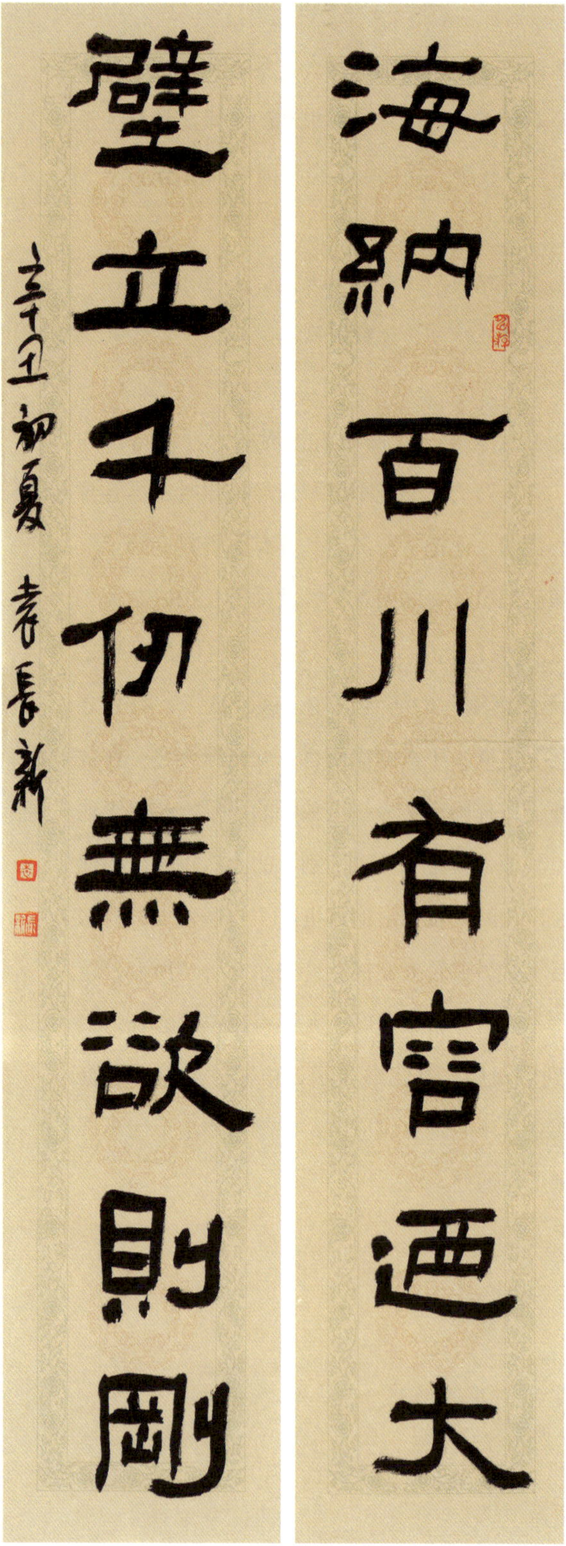
海納百川有容乃大
壁立千仞無欲則剛
辛丑初夏 李長新

上联 海纳百川，有容乃大；

下联 壁立千仞，无欲则刚。

屋小朋侪容膝久；

家贫著作等身多。

又

师友肯临容膝地；

儿孙莫负等身书。

林家“累世皆儒业”，林则徐4岁时，父亲林宾日在罗氏试馆担任塾师，便携林则徐入塾读书。林则徐为官后，始终不忘读书、购书、藏书、用书，即使被流放新疆，仍载20多箱书随行。晚年回乡居住在文藻山边的旧宅“七十二峰楼”，楼上为藏书处，取名“云左山房”，藏有他一生购置的图书，有经、史、子、集、时文、方志，还有外文书报。在藏书楼里，林则徐专心整理自己的书稿，辑成《云左山房诗钞》，修订《畿辅水利议》等。“诗书传家”是林则徐人生的又一理念。“屋小”不足笑，能“容膝”即行，书“等身”才能令其欣慰。

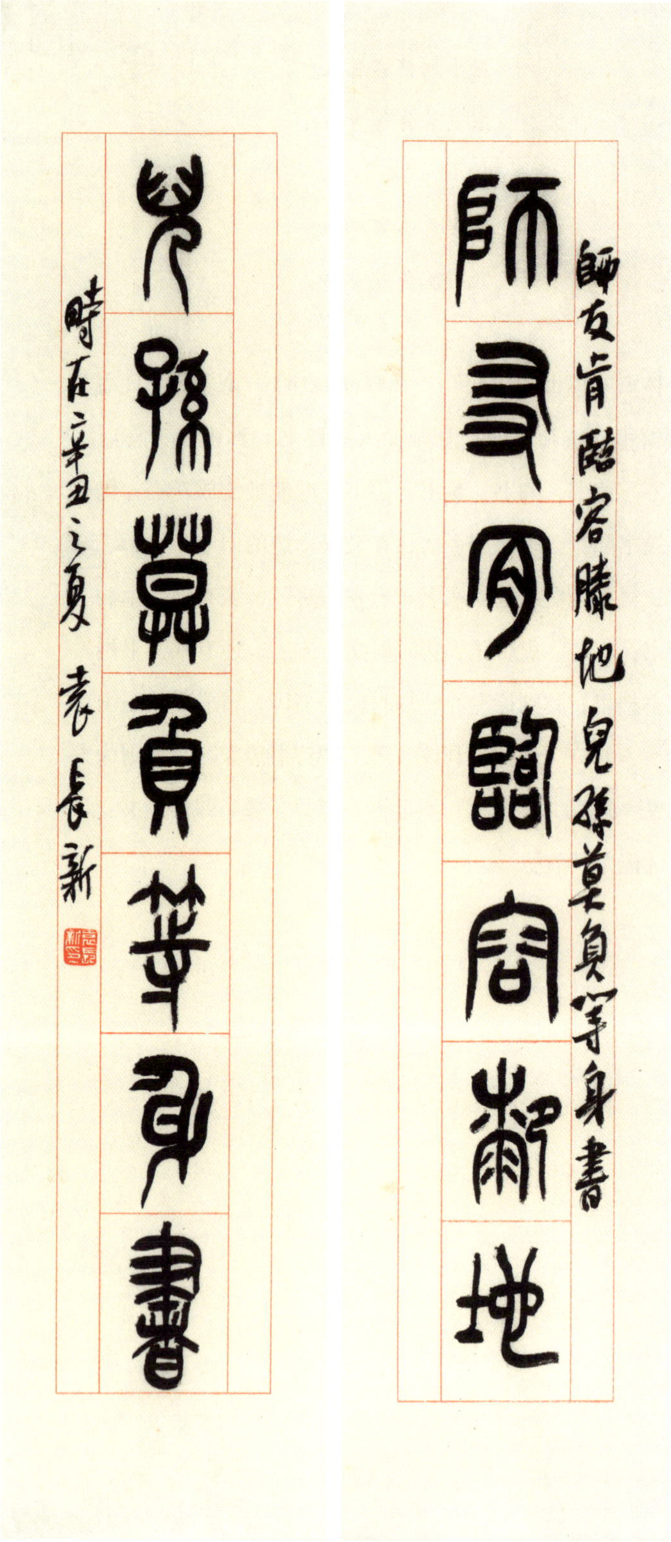

上联 师友肯临容膝地；

下联 儿孙莫负等身书。

曾国藩

曾国藩（1811—1872），初名子城，字伯涵，号涤生，湖南湘乡（今双峰）人。晚清政治家、战略家、理学家、文学家、书法家，湘军的创立者和统帅。曾国藩的对联不能简单理解为是他翩翩词臣或是戎马倥偬生活中的余事，局限于一种简单的故事述说。曾国藩的联语与散文一样，有着深厚的文化内涵，体现了他对中国传统文化的继承与发扬。曾国藩一生于对联颇为自得，“吾他日身后文采传世正不可必，但必有楹联一书行世”。曾国藩写下了大量的对联，且出版了联语集，在他去世后的第二年，由许铭彝校刊，长沙谦善书局印行了《求阙斋联语》《曾文正联语》，此后出版的各种版本的曾国藩全集中都附录了联语。联语与批牍、奏稿、书信、日记、读书录一起，构建了他作为一代名儒的整体形象。可以说，曾国藩的联语，是缀在他名臣大儒桂冠上的一颗熠熠闪光的宝石。

万卷藏书宜子弟；

十年种木长风烟。

又

著书许氏九千字；

插架邺侯三万签。

曾国藩自题求阙斋藏书楼联。第一副联为摘句联，摘自黄庭坚《郭明甫作西斋于颍尾请予赋诗》。第二副联中“许氏”指汉许慎，许慎撰《说文解字》收字9353个，故联文有“九千字”。邺侯，指李泌，李泌搜罗书勤，家富藏书，人们称美藏书之众喜用此典。

古人讲究读书要多，阅历要广，所谓“读万卷书行万里路”。曾国藩从湖南双峰一个偏僻的小山村以一介书生入京赴考，从此开启他位极人臣的仕宦生涯，离不开书为之铺路，所谓“书中自有黄金屋”是也。他一生中，除中年时期主要参与镇压太平天国和围剿捻军以外，有三分之二的时间是读经治学。他为学甚勤，不仅在京做官期间严于律己，刻苦钻研，即使于其后的行军、作战、政务繁忙之中，亦未尝废学。虽然位极人臣，登上事业的巅峰，但是，在他内心深处，读书是他始终不曾放弃的梦想。曾国藩多次教导他的两个儿子要多读书，并明确规定他们在50岁以前要把该读

上联 万卷藏书宜子弟；

下联 十年种木长风烟。

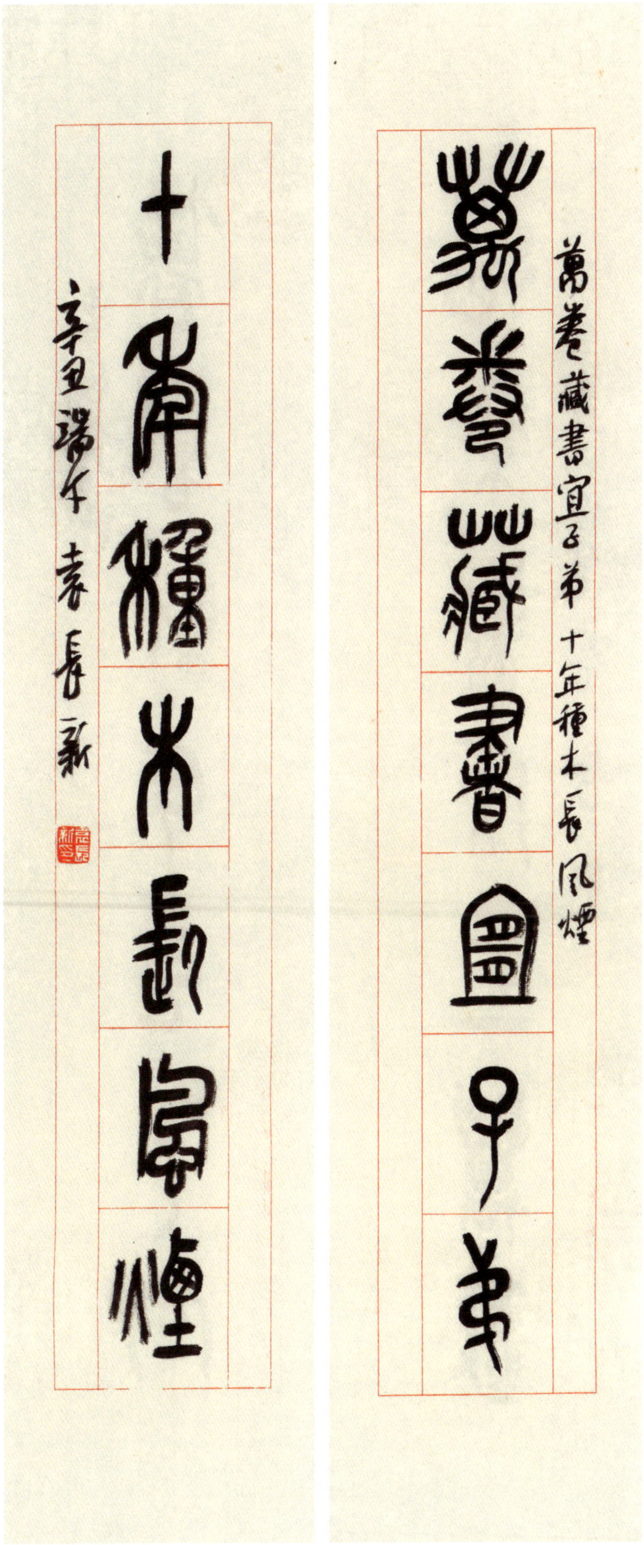

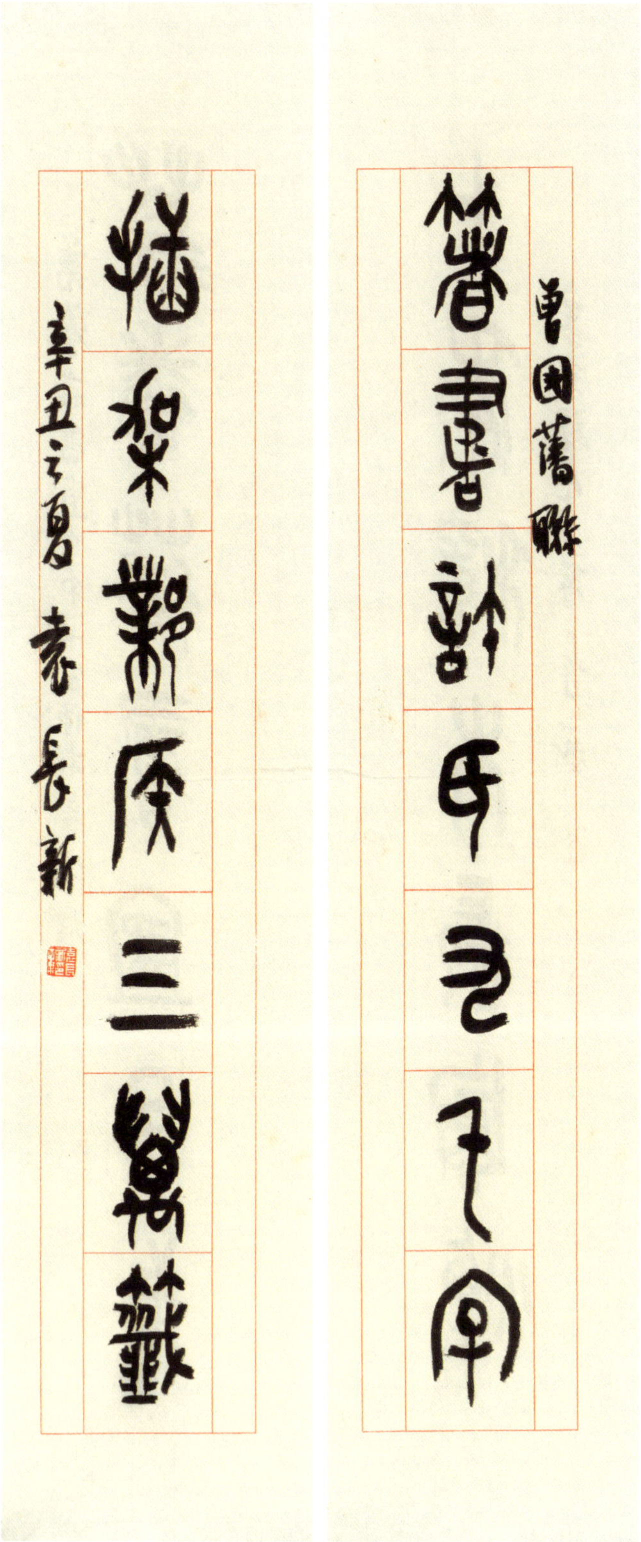

上联　著书许氏九千字；

下联　插架邺侯三万签。

之书都读完。他在清咸丰十年（1860）十月十六日给纪泽、纪鸿信中说："我家断不可积钱，断不可买田。尔兄弟努力读书，决不怕没饭吃，至嘱。"在清同治二年（1863）二月二十四日给纪泽信中写道："目下尔在家饱看群书，兼持门户。处乱世而得宽闲之岁月，千难万难，尔切莫错过此等好光阴也。"在他的治家八字诀中，"书"放在首位。同时，曾国藩也酷爱藏书，咸丰六年他称自己的藏书已百倍于道光中年。按此间经过20年计，按当年藏书千册计，百倍于此则为10万册，这是一个很了不起的数字，难怪曾国藩要在家乡专门建一座藏书楼，并自题此联。他希望家藏万卷，希望自己、曾氏子孙著书立言。

彭玉麟

彭玉麟（1816—1890），字雪琴，自号退省庵主人，湖南衡阳人，清代著名政治家、军事家、书画家，人称雪帅。与曾国藩、左宗棠并称大清三杰，与曾国藩、左宗棠、胡林翼并称晚清中兴四大名臣，湘军水师创建者、中国近代海军奠基人。清代著名学者俞樾曾称誉道：“咸丰同治以来诸勋臣中，始终餍服人心、无贤不交口称之而无毫发遗憾者，公一人而已。”彭玉麟一生六辞高官，请辞安徽巡抚、漕运总督、兵部侍郎、两江总督、兵部尚书，位居高位，廉洁奉公，打起仗来不要命，人称三不要将军，不要官，不要钱，不要命。彭玉麟刚直不阿的品德为人所崇敬，他死后，朝廷谥“刚直”，人们称他“彭刚直公”。

自题

绝少五千柱腹撑肠书卷；

只余一副忠君爱国心肝。

上联为自谦，下联则是一个真实的彭玉麟。晚清吏治腐败，社会风气不良。面对这种局面，彭玉麟一方面恪守并践行儒家信条，忠君爱国，实心为民，尽心职事，不图名利，希图以自己的言行表率官场，扭转日益败坏的官场风气和吏治状况。清同治三年（1864），湘军攻克太平天国的京城天京，旋即，曾国藩主动请求自剪羽翼，裁撤湘军三分之二，只保留湘军水师。得到朝廷批准后，彭玉麟协助曾国藩对水师进行改制，把“水勇”改为“长江水师”。清同治七年（1868），长江水师营制初步确定，彭玉麟作为湘军水师的统领，与长江水师提督进行交接，此时，彭玉麟手里还有白银60多万两。新旧权力交接之时，他不仅自己不拿一分一毫，也不允许别人拿一分一毫。最后，除了用少量的钱来奖励有功的将士和安抚阵亡的烈属外，全部白银都交给了两江总督，并建议存入钱庄，每年用利息为水师添置装备。同时，彭玉麟还特地将此事上书朝廷，以防掌管之人私吞这笔财富。中法战争中，彭玉麟是坚决的主战派，提出“可战不可和”，同时“精诚维持”，实力备战。这一切，都是彭玉麟的一副“忠君爱国心肝”。

浮生若梦谁非寄；

到处能安即是家。

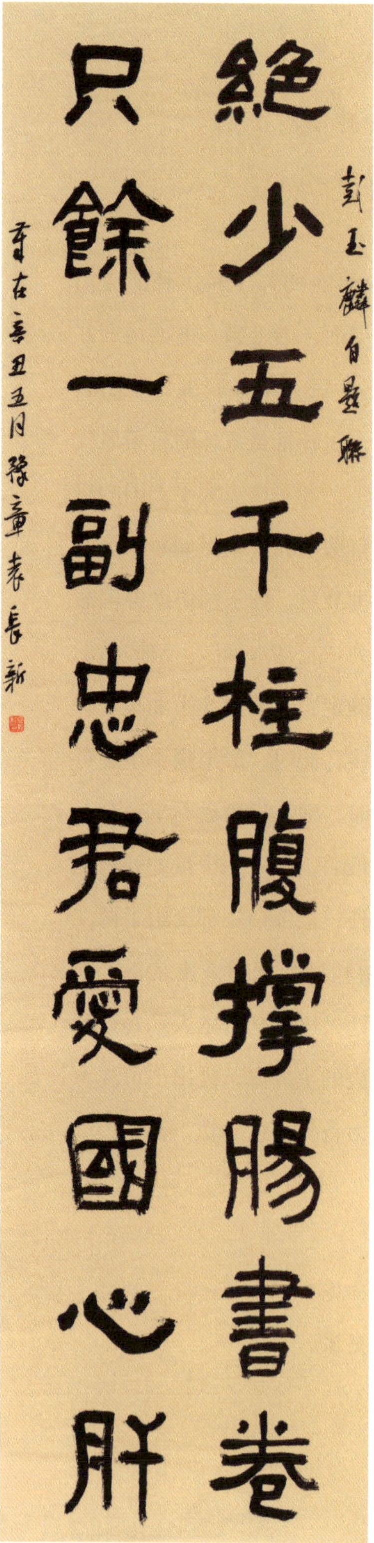

上联 绝少五千柱腹撑肠书卷；

下联 只余一副忠君爱国心肝。

上联

浮生若梦谁非寄；

下联

到处能安即是家。

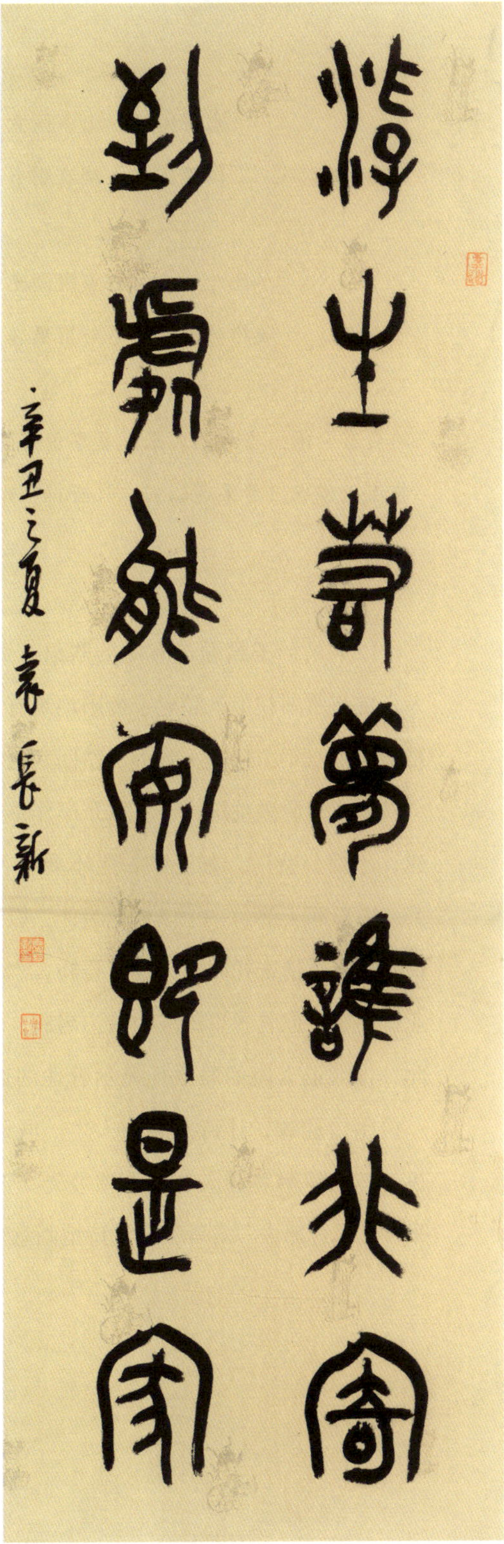

又

水得闲情，山多画意；

门无俗客，楼有赐书。

又

尽此一寸心，与点缀湖光山色；

收拾数间屋，尽勾留墨客骚人。

又

退食有余闲，当载酒人来，莫辜负万顷波光，四围山色；

临流无俗虑，看采莲船去，只听得一声渔唱，几杵钟声。

以上是彭玉麟题退省庵的联语。彭玉麟自号退省庵主人，杭州西湖和彭玉麟老家衡阳均筑有退省庵。衡阳退省庵是清同治八年（1869）春彭玉麟回到老家后修建的，彭玉麟“以渣江旧居久荒圮，于府城东岸作草楼三重自居”“皆自建，不烦公费”。彭玉麟一生不要官，不要钱，乐以寒士荣，愿以寒士终，一生以梅花为伴，以梅自励。他画梅也写梅，既有感情寄托因素，也有托物言志之意。彭玉麟虽因勋业得高官，但骨子里却极为淡泊名利，文人情怀也很重。因此，他题退省庵的联语均显示着他的这种文人追求，寻找一份闲情逸致，让诗意装点人生。联语中，“点缀湖光山色”“勾留墨客骚人”“万顷波光，四围山色”“载酒人来”“采莲船去”等等，充满诗情画意。

上联 水得闲情，山多画意；

下联 门无俗客，楼有赐书。

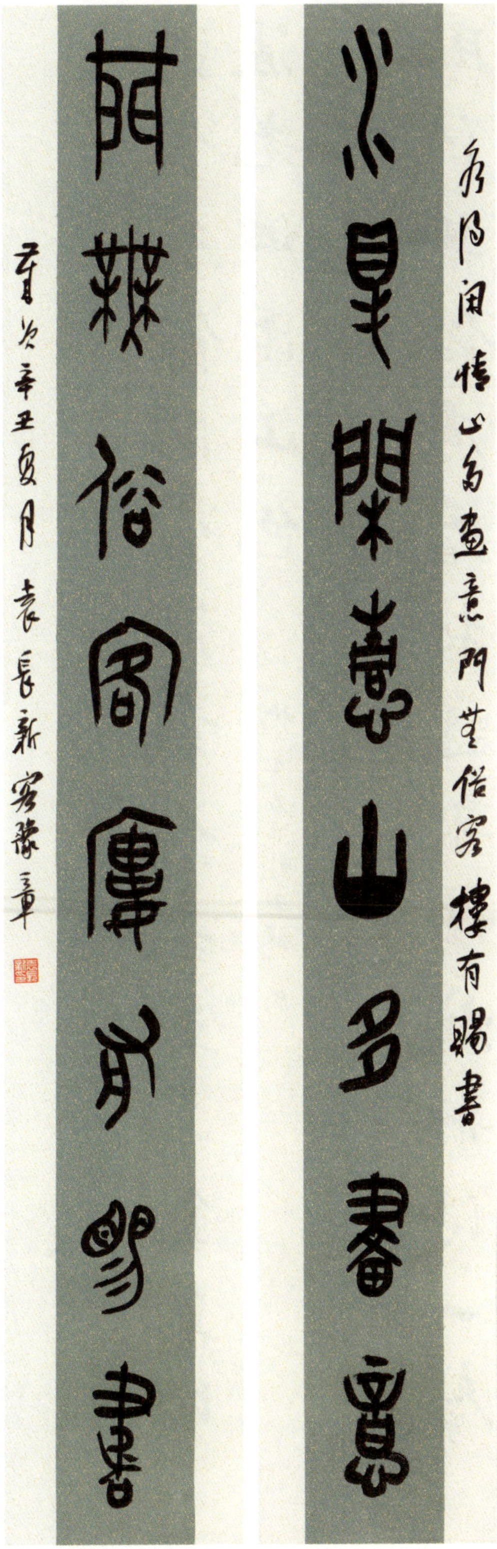

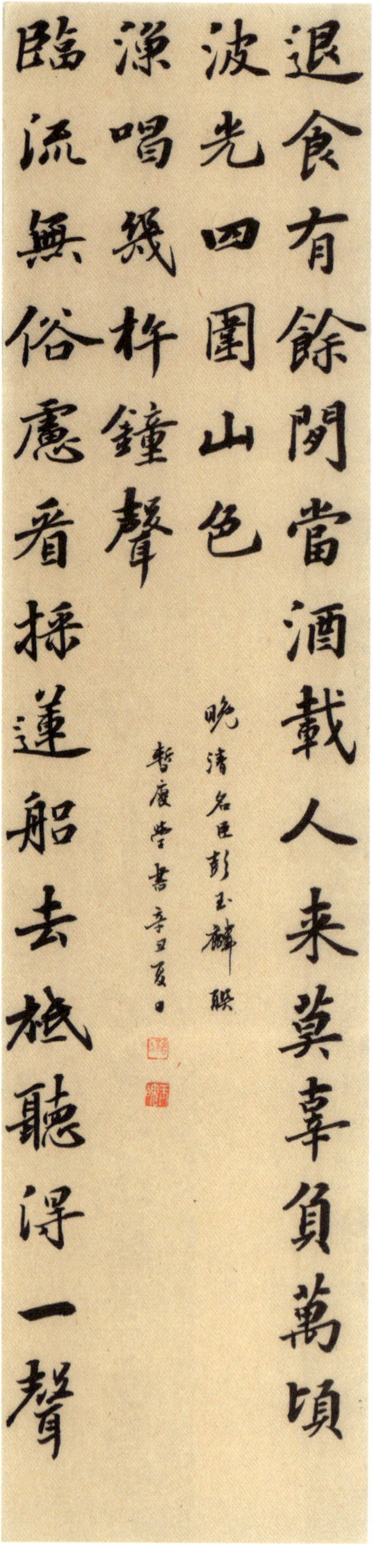
退食有餘閑當酒載人來莫辜負萬頃
波光四圍山色
漁唱幾杵鐘聲
臨流無俗慮看採蓮船去祇聽得一聲
晚清名臣彭玉麟联

上联

退食有余闲，当载酒人来，莫辜负万顷波光，四围山色；

下联

临流无俗虑，看采莲船去，只听得一声渔唱，几杵钟声。

薛时雨

薛时雨（1818—1885），字慰农，一字澍生，晚号桑根老农，安徽全椒人。晚清著名文人和词作家，有楹联集《藤香馆小品》。去官后，主讲于杭州崇文书院、江宁尊经书院、惜芳书院等，门生甚众。薛时雨的楹联成就使其成为安徽地域联家中的翘楚，陈方镛《楹联新话》评价："至慰农先生，蕴藉风流，专以神韵取胜……其饷我后学，真如太羹醇醪，醰醰有味。"

自探典籍忘名利；

未有涓埃答圣朝。

上联　自探典籍忘名利；

下联　未有涓埃答圣朝。

又

杜陵广厦构胸中，白首无成，空自许身稷契；

庾信小园营乱后，青山依旧，聊堪匿迹巢壶。

又

不著衣冠，门前久谢乘轩客；

只谈农圃，月下欣闻打稻声。

以上三联薛时雨分别题于藤香馆大门、厅事和书舍。薛时雨48岁时看透官场的腐败，愤怒之余托病请辞，永久告别官场。薛时雨辞官之时，深知他学识才干的浙江巡抚马新贻，开始欲以二品衔候选道解来挽留他，但马新贻考虑到薛时雨肯定会坚辞不受，于是聘薛时雨主讲杭州崇文书院，马新贻了解薛时雨“探典籍忘名利”的淡泊性格。下联“未有涓埃答圣朝”是薛时雨自嘲之语。此副联为集句联，上联用李商隐诗，下联集自杜甫句。

薛时雨虽然早早退出官场，但为官时坚持谋其职就要力争做出一番事业。他迁知杭州知府时，兼署督粮道，代行布政、按察两司事。上任杭州之际，大战刚结束，百业凋敝，薛时雨主持修建万人冢安顿死者遗骨，招募流民，组织百姓复兴杭州。这一举措虽然深受百姓爱戴，但同时也招来同僚的嫉妒诋毁。最后他因杭州之事愤而辞官，所以他说，“杜陵广厦”只能“构胸中”，感叹自己“白首无成”，做一个半隐之人。第二副上联以“许身稷契”指曾经的济苍生之志，下联“聊堪匿迹巢壶”，借巢余归隐讲述自己淡出仕

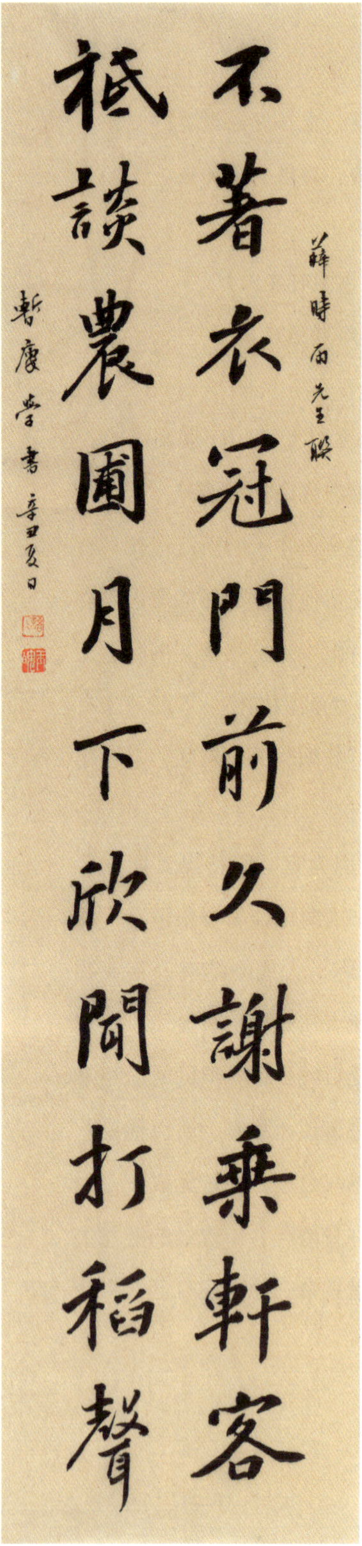

上联 不著衣冠，门前久谢乘轩客；

下联 只谈农圃，月下欣闻打稻声。

途，远离谋世事业。正因为他决定远离谋世事业，所以，有了第三副联的“谢乘轩客”。

薛时雨主讲杭州崇文书院三年，后又主讲南京尊经书院、惜阴书院。在十几年书院生涯中，薛时雨秉持经世致用的教学原则，招收学生不论出身、年龄，培养了大量人才，其中最著名的有张预、冯熙、谭献等。

俞樾

俞樾（1821—1907），字荫甫，自号曲园居士，浙江德清人。清道光三十年（1850）进士，以“花落春仍在”一句，得主考官曾国藩赏识而入翰林院，授庶吉士。俞樾在经学、史学、诸子学、文字学以及音韵、训诂、文学、书法等方面，都有高深的造诣，亦擅楹联，著有《春在堂全书》。俞樾之孙俞陛云、曾孙俞平伯都是知名学者、诗人，章太炎、吴昌硕亦出自俞樾门下。

自题春在堂

日有明年之日，年非今日之年，吾祖南庄府君，以是垂昔日之训，后人宜敬体此意；

事或入世之事，心仍出世之心，先舅平泉老人，用此为处事之方，小子窃有味其言。

俞樾画像

为了感恩曾国藩对“花落春仍在”的赏识，俞樾将其所居命名为“春在堂”，其著作名《春在堂全书》。联语中，“日有明年之日，年非今日之年”，意思是要珍惜人生的每一天，这是俞樾祖父的人生思考；“事或入世之事，心仍出世之心”，淡定地对待世事变迁，这是俞樾岳丈平泉老人的智慧之言。其实这些都是俞樾对处世之道的思考，思考前辈人生智慧之后的继承，这，也是俞家的祖训，俞樾题于春在堂。

自挽

生无补乎时，死无损乎数，辛辛苦苦，
著成五百卷书，流播四方，是亦足矣；
仰不愧于天，俯不怍于人，浩浩荡荡，
历数八十年事，放怀一笑，吾其归乎。

俞樾扇面作品

春在堂匾额　虞清／摄

俞樾曾受咸丰皇帝赏识，任河南学政，但被御史曹登庸劾奏“试题割裂经义”，因而罢官。俞樾罢官后移居苏州，潜心学术达40余载，所著《春在堂全书》凡500余卷。他治学以经学为主，旁及诸子学、史学、训诂学，乃至戏曲、诗词、小说、书法等，可谓博大精深。俞樾不仅著述丰硕，主讲诂经精舍31年，在延续朴学传统、造就学术人才方面，功绩也非常大，即便单以精舍肄业生黄以周、章太炎二人论，亦足为近代学术史的光荣，更有海内及日本、朝鲜等国向他求学者甚众，尊之为朴学大师。

室联

叹老夫毕世居稽，藏书数万卷，读书数千卷，著书数百卷；

喜小孙连番侥幸，院试第一人，省试第二人，廷试第三人。

居稽，谓居于今世而求合于古代，指怀古。俞樾此处的意思是指自己埋首书卷。下联的“小孙”指俞陛云。俞樾晚年一意栽培孙儿俞陛云，使他最终得以探花及第。俞陛云后成为知名学者、诗人，曾应聘入清史馆，受俞樾影响，在文学、书法方面都有很高建树，尤其精于诗词，著有《诗境浅说》《清代闺秀诗话》等多部著作。俞陛云的成就，是俞樾的骄傲。

翁同龢

翁同龢（1830—1904），字叔平，号松禅，别署瓶庐居士，江苏常熟人。清咸丰六年（1856）状元，历任户部、工部尚书，军机大臣兼总理各国事务衙门大臣。先后担任清同治、光绪两代帝师。翁同龢工诗，间作画，尤以书法名世，著有《翁文恭公日记》《瓶庐诗稿》等。

自题一

文章真处性情见；

谈笑深时风雨来。

上联 文章真处性情见；

下联 谈笑深时风雨来。

自题二

欲作兰台快哉赋；

最爱灵隐飞来孤。

自挽

朝闻道，夕死可矣；

今而后，吾知免夫。

作为晚清名臣，翁同龢高中状元、两入军机，且为两朝帝师，官阶显赫，在清一代实属仅见。然而翁同龢在支持变法中严重损害到了慈禧、荣禄等人的利益，在光绪帝正式颁诏宣布《明定国是诏》实行变法，揭开“百日维新”序幕后的第四天，慈禧就强迫光绪下旨将翁同龢开缺回籍，并令地方官对其严加管束。清光绪二十四年（1898），翁同龢在康有为等人劝告“不宜久留京城”的情况下，怀着无比沉痛的心情离京归籍于江苏常熟。翁同龢回到常熟，暂租内塔前街半开三间房屋，从当铺租用一套家用杂物安定下来。闲居常熟期间，翁同龢闭门谢客，在家读书，过着“寂寞似孤僧”的生活。清光绪三十年（1904）翁同龢病危，临终前口述一绝：“六十年中事，伤心到盖棺。不将两行泪，轻向汝曹弹。”以上三联从另一个角度见证了翁同龢开缺回籍乡居生活期间的心路历程。

第一副联“风雨”即晚清政治风雨。翁同龢在朝达40余年，与光绪既为师徒，又为君臣，亲如父子。他甚得慈禧信任、恩宠与重用，慈安、慈禧两宫太后谕令翁同龢为弘

上联 欲作兰台快哉赋；

下联 最爱灵隐飞来孤。

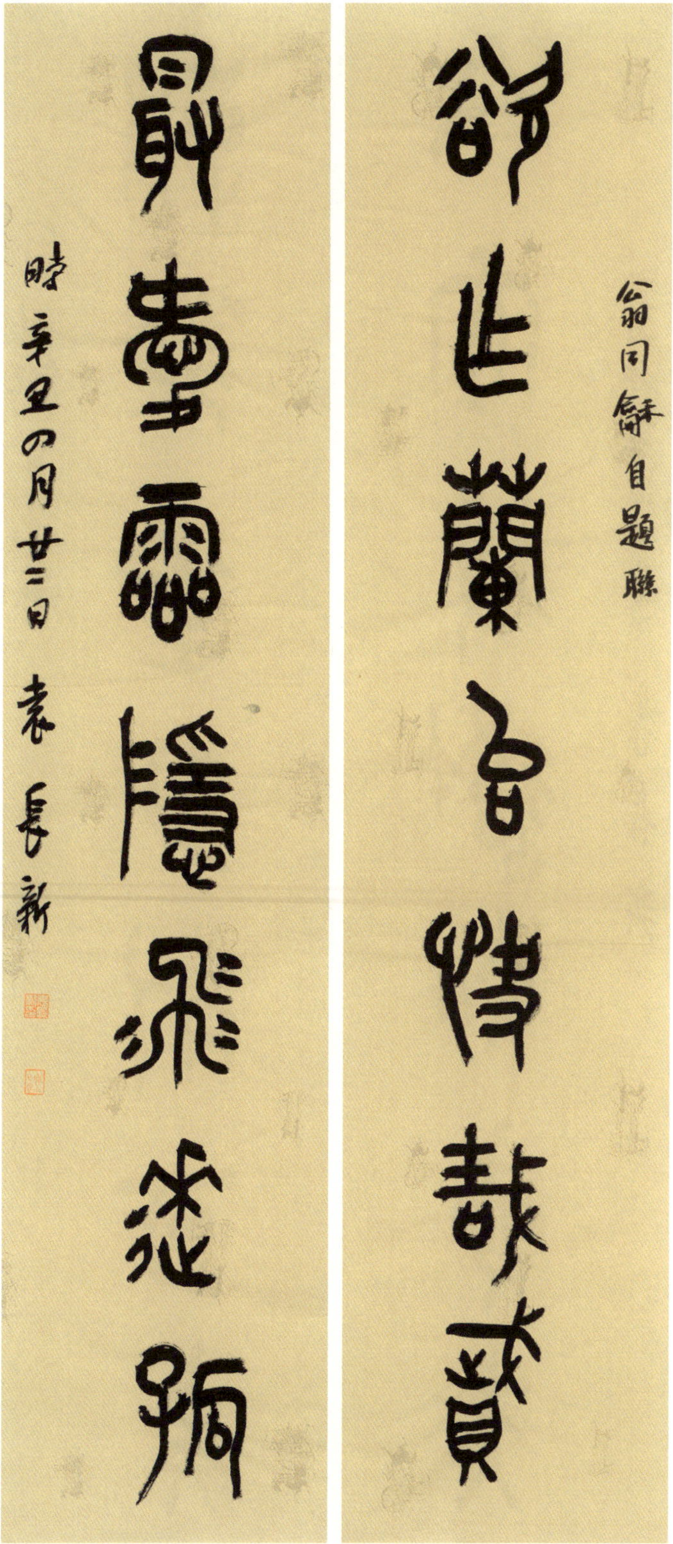

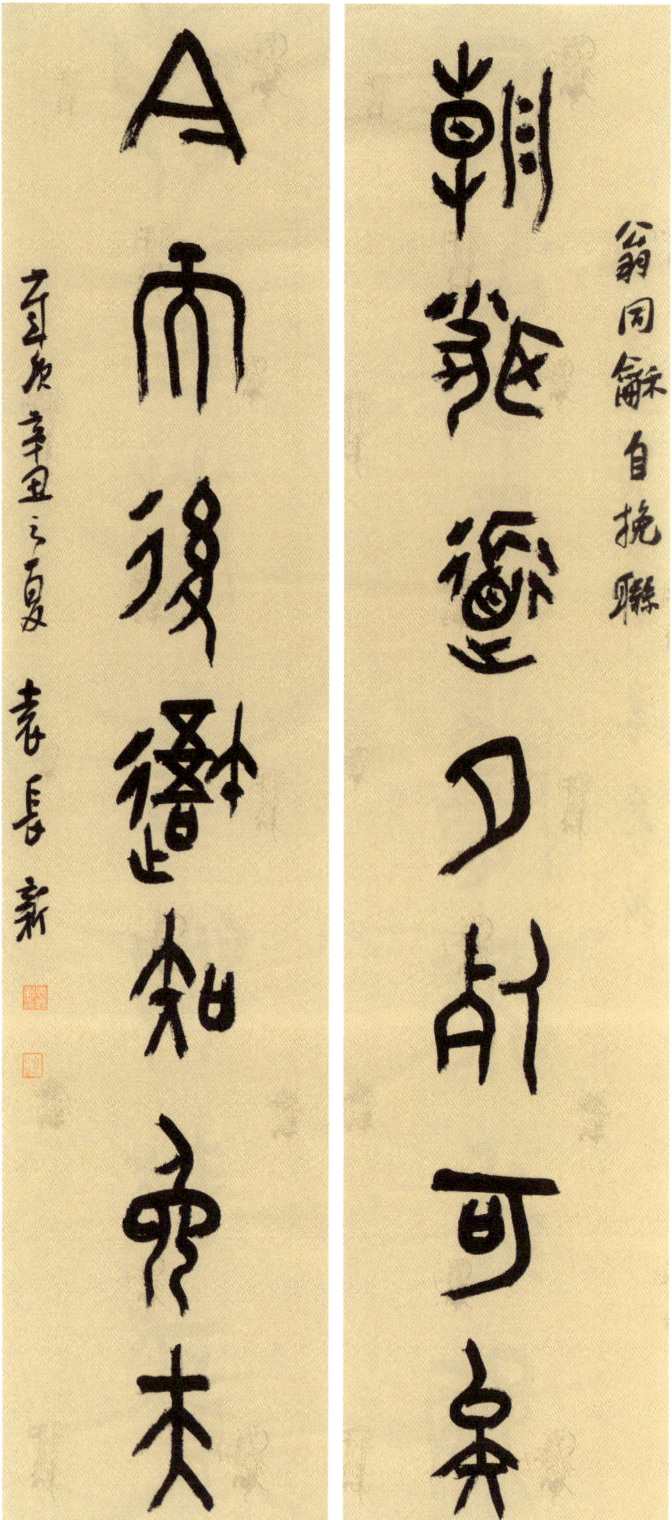

上联 朝闻道，夕死可矣；

下联 今而后，吾知免夫。

德殿、毓庆宫行走。他对两朝重大内政都有参与，如洋务新政、晚清军制改革、中日甲午战争、戊戌变法等等。可以说，翁同龢的言论、主张直接影响了朝局的变化与历史进程，这就是“谈笑深时风雨来”。

第二副联以藏头露尾的形式对自己的经历与处境作了一回顾与总结。这是一副集苏轼诗联，上联集自《舶趠风》，“欲作兰台快哉赋，却嫌分别问雌雄”；下联集自《游灵隐寺得来诗复用前韵》，“溪山处处皆可庐，最爱灵隐飞来孤”。上联的语意在诗的后半句，委婉地说出他在“帝党”与“后党”政治斗争中的两难处境。下联的语意在诗的前半句“溪山处处皆可庐”，表现自己虽从庙堂下野在常熟过着受管制的乡居生活，心中却豁达从容。

第三副联表达的是对曾经追求的不悔，以及闲居之后无责任在肩的轻松。这仍是一副集句联，上下联皆集自《论语》。翁同龢可称得上中国维新第一导师，在朝40余年，殚精竭虑，为国筹谋，这同时也是在追求他心中认可的“道”，“朝闻道，夕死可矣”，对自己的一生，翁同龢无怨无悔。而现今，他开缺回籍，“溪山处处皆可庐”，他变卖字画，加上亲友的赞助接济，建了一座与其在京寓所相似的屋子，称为“瓶庐”。他做一个瓶庐翁，读书、看书、绘画、习字、会友，“今而后，吾知免夫”，不再受役于政事。

张之洞

张之洞（1837—1909），字孝达，号香涛，时为总督，称“帅”，故时人皆呼之为“张香帅”。晚清名臣、清代洋务派代表人物，祖籍直隶南皮。清同治二年（1863）中进士第三名探花，授翰林院编修，官至两江总督、军机大臣等职。

堂对

上巳之前，犹是夫人自称曰；

中秋而后，居然君子不以言。

张之洞16岁中解元，受贺之日，家中大宴宾客，他写了这副对联挂在厅堂。此联用《论语》“夫人自称曰小童”“君子不以言举人”做歇后语，因张之洞在清咸丰二年

上联

上巳之前，犹是夫人自称曰；

下联

中秋而后，居然君子不以言。

張之洞聯
上巳之前猶是夫人自稱曰
中秋而後居然君子不以言

（1852）三月才考取秀才，到九月间已经中解元（举人第一名）。此联有一种得志之意。

自题

未忘麈尾清谈兴；

常读蝇头细字书。

此联为摘句联，摘自陆游《南堂杂兴·其四》。麈尾，指麈尾清谈，典出《世说新语》，魏晋时名士孙盛、王衍等人好清谈玄理，常手挥白玉柄麈尾以助谈兴，张之洞早年是清流派首领。张之洞等晚清清流派应对西方文化、科学技术的冲击，从传统治国理念中寻求良方，对弊端丛生的政治体制进行修补，随着对西学认识的加深，尤其在实际事务中深深感受到固守传统已不敷实用，于是在坚持“体”不变的前提下，变通学习西方的近代先进科学技术。随着民族危机的日益加深，他们的政治变革思想日趋激烈，从起初的变“器”到后来的变“道”，这一切过程，皆离不开不断地学习，即“常读蝇头细字书”。

门对

朝圣有道青春好；

门馆无私白日闲。

张之洞是洋务派的主要代表人物，一生积极热诚地投

上联 未忘麈尾清谈兴；

下联 常读蝇头细字书。

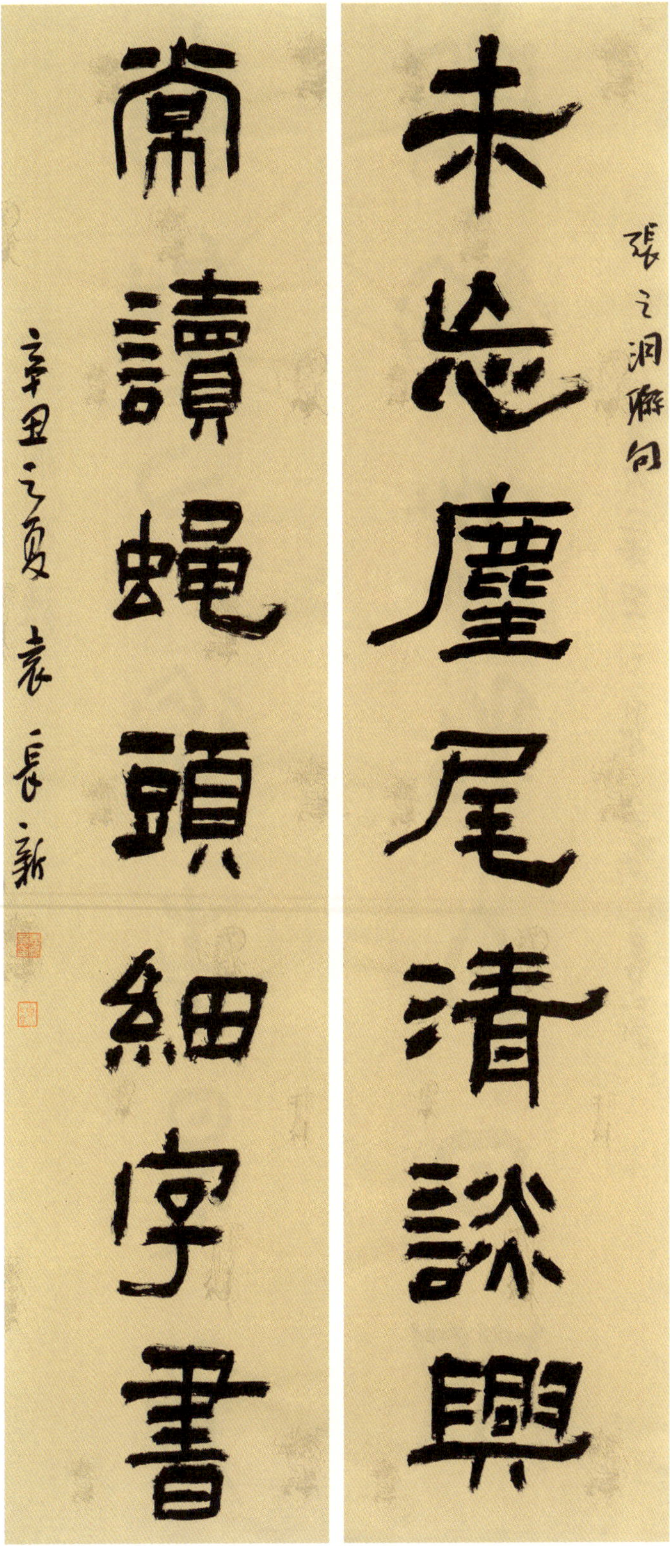

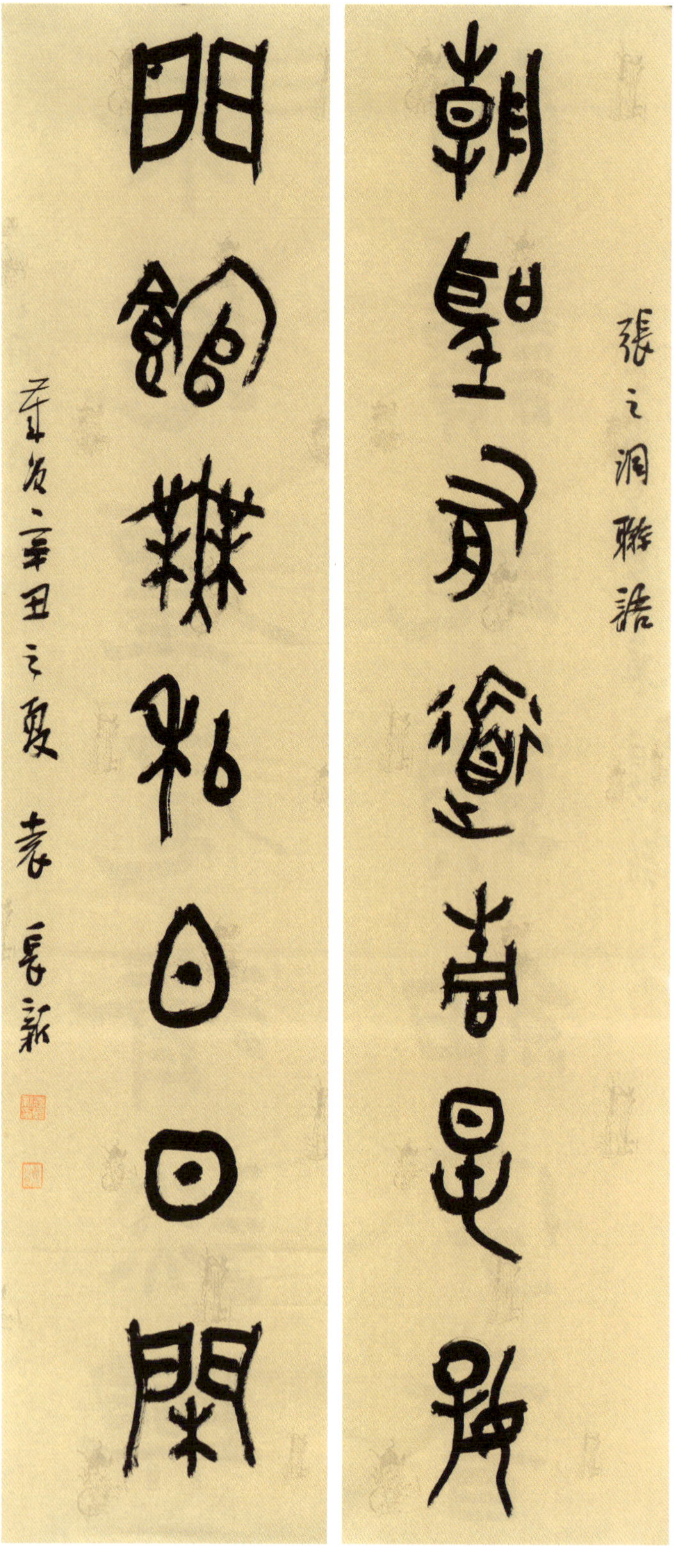

上联 朝圣有道青春好；

下联 门馆无私白日闲。

入洋务运动，政治上主张“中学为体，西学为用”。在教育上开设许多书院和新式学堂，如创办了自强学堂（今武汉大学前身）、三江师范学堂（今南京大学前身）、广雅书院等，同时派学生留日学习，黄兴、宋教仁、蔡锷便是其中的佼佼者；工业上以办汉阳铁厂（即汉冶萍，武钢前身）为最重要；在编练新军上也有所贡献，他所编练的自强军成为甲午战后军队的典范。这一切的取得，虽有不负青春的意气风发，也有黑暗中摸索的万般艰辛，所以，他感叹“朝圣有道青春好”。

黄遵宪

黄遵宪（1848—1905），字公度，别署人境庐主人，广东嘉应州（今梅州）人，清朝著名爱国诗人，外交家、思想家。黄遵宪工诗，喜以新事物熔铸入诗，被称为“诗界革命”的一面旗帜，有《人境庐诗草》。除了在政治改革、维新变法、外交事务等方面做出的执着努力和杰出贡献外，还留下了可以代表近代中国人了解和认识日本最高水平的《日本国志》，以及收录在《人境庐诗草》与《日本杂事诗》中的1000多首诗歌。

人境庐

踏遍九州烟，作敧枕卧游，经过名山，犹不忘法界楼台，米家书画；

梦回五更月，正凭栏远望，竭来今雨，莫浪说齐人野语，海客瀛谈。

法指法国，米指美国，此联极有气度与眼界。人境庐是黄遵宪故居，位于广东省梅州，清光绪十年（1884）由黄遵宪亲自设计建造，取陶渊明“结庐在人境，而无车马喧”之意。

黄遵宪出生在岭南地区，这里受欧风美雨的影响最早。他自20岁起，开始接触外面风起云涌的世界，先到省城应试，有机会阅读邸报，后又到香港，得以开阔眼界，逐渐关心和研习因西方势力东来而引起的局势变化、涉外事务。后来北上赴考途中又拜识了李鸿章、丁日昌、张荫桓、何如璋等人，因“究心时务”的才干能力而受到这些官僚的器重、荐引。清光绪三年（1877），黄遵宪随首任驻日公使何如璋赴日本，担任使馆参赞5年。在日本期间，他写了《日本杂事诗》，并完成了《日本国志》初稿。接着任驻美国旧金山总领事3年，后又随薛福成出使欧洲，任使馆参赞，再后来任驻新加坡总领事。黄遵宪一生居留外国40余年，“踏遍九州烟”的说法毫不夸张。他的足迹到达东西半球，他有诗句云：“我是东西南北人”“绕遍地球剩半环”。世界范围的广阔见闻，是他生平经历极重要的部分。上联“犹不忘法界楼台，米家书画”，透示出来的就是他曾经的广阔见闻与经历；下联“齐人野语，海客瀛谈”则是曾经的意气风发。

黄遵宪早年就具有革新思想，出使经历又使他具有国际性视野，他的《日本国志》为戊戌变法维新运动的兴起提供了理论依据。中日甲午战争期间，黄遵宪回国任江宁洋务局总办，提倡科学救国，兴办实业，加强国防，推行新政，对外开放，并先后参与强学会的活动，创办《时务报》。在署理湖南按察使期间，大力协助湖南巡抚陈宝箴推行新政。戊戌政变失败后，黄遵宪被解职回到梅州。回到人境庐，他仍邀集地方人士创设嘉应教育学会，大力倡办新学，同时，潜心著述。这样一位思想活跃、积极进取之人，纵谈波澜壮阔的世界风云总在杯茶酒语之间。解职回到梅州的黄遵宪，并没有沉沦，而是蛰居待起，如他题安乐行窝。

壮志难磨，尚欲乘长风破万里浪；

闲情自遣，不妨处南海弄明月珠。

“尚欲乘”“不妨弄”，只要有机会，他定会“乘长风破万里浪”，而现在，只是暂且“南海弄明月珠”。黄遵宪在政治活动、外交活动、学术活动、文学活动方面有颇为深邃的思考，他探寻世界发展大势、西方列强及日本发达强盛的奥秘，他追问清朝政治腐败、国贫民弱、受人欺凌、任人宰割的原因，他求索中国走向开明法治、富裕强盛的道路。这也是黄遵宪一生为之执着奋斗、无怨无悔的核心所在，是他随时“乘长风破万里浪”的奋斗事业。

上联

壮志难磨，尚欲乘长风破万里浪；

下联

闲情自遣，不妨处南海弄明月珠。

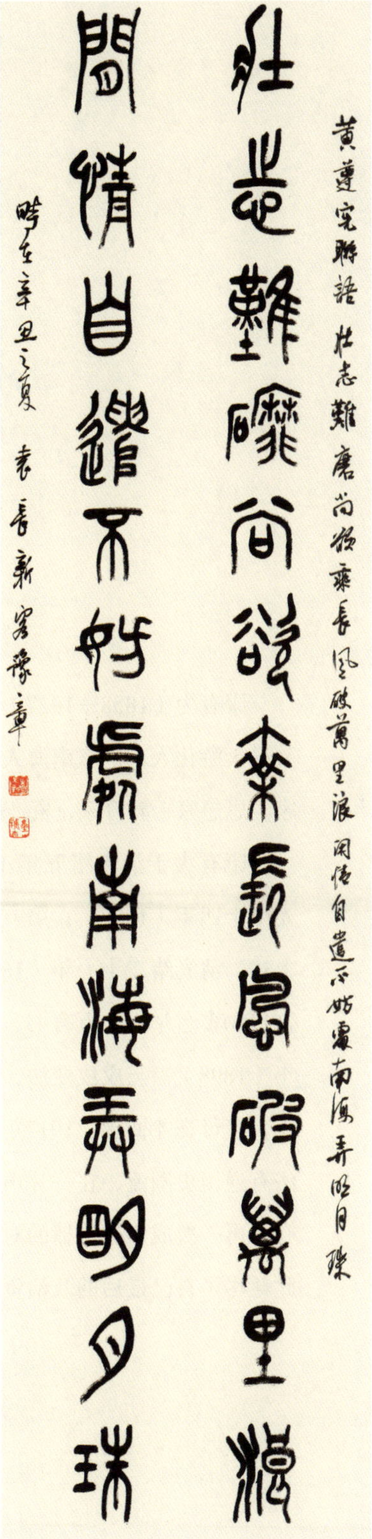

康有为

康有为（1858—1927），原名祖诒，字广厦，号长素，又号天游化人，广东南海人，人称康南海，晚清重要的政治家、思想家、教育家，资产阶级改良主义的代表人物。

康有为于清光绪五年（1879）开始接触西方文化。清光绪十四年（1888），第一次上书光绪帝请求变法，受阻未上达。清光绪二十一年（1895）得知《马关条约》签订，联合1300多名举人上万言书，即“公车上书”。清光绪二十四年（1898）参与戊戌变法，变法失败后逃往日本。直到1913年，奔母丧才回国。1917年，康有为参加张勋复辟，这种做法有逆历史潮流，在一片声讨中，不到半年就宣告失败，康有为再一次成为被追捕的对象，躲进了北京美国使馆，也因此耗尽了自己最后的政治资本。这些经历，他在晚年的自寿联中一一述来。

六十自寿

傀儡曾遣登场，维新变法，备历艰辛，廿年出奔已矣，中间灰飞劫易，几阅沧桑，寿人笙磬忽闻，北海归来如梦幻；

歌舞业经换剧，得失兴亡，空劳争攘，一世之雄安在，此时雾散烟消，徒留感慨，老子婆娑未已，东山兴罢整乾坤。

联语中康有为对自己60年的生涯做了总结，“备历艰辛”却“灰飞劫易”，在“几阅沧桑”之后，直觉人生如梦，“寿人笙磬忽闻”，指母丧之事。下联“空劳争攘，一世之雄安在，此时雾散烟消，徒留感慨”中，也流露出救国的雄心壮志的一再遭受挫折与打击，以及由之而来的黯然伤神，晚年饱经沧桑后不得已的平淡通达。

事实上，晚年的康有为思想发生了很大变化。一方面，他丰富的人生阅历、渊博的学识，以及由此所带来的荣誉，让他感到欣慰、满足；另一方面，他耗尽半生的事业也未有心仪的结果，于是，康有为走出了“济人经世”的人生阶段，进入“天游化人”的人生状态。这种心态，在他晚年居住的杭州别业自题联中得到充分的体现。

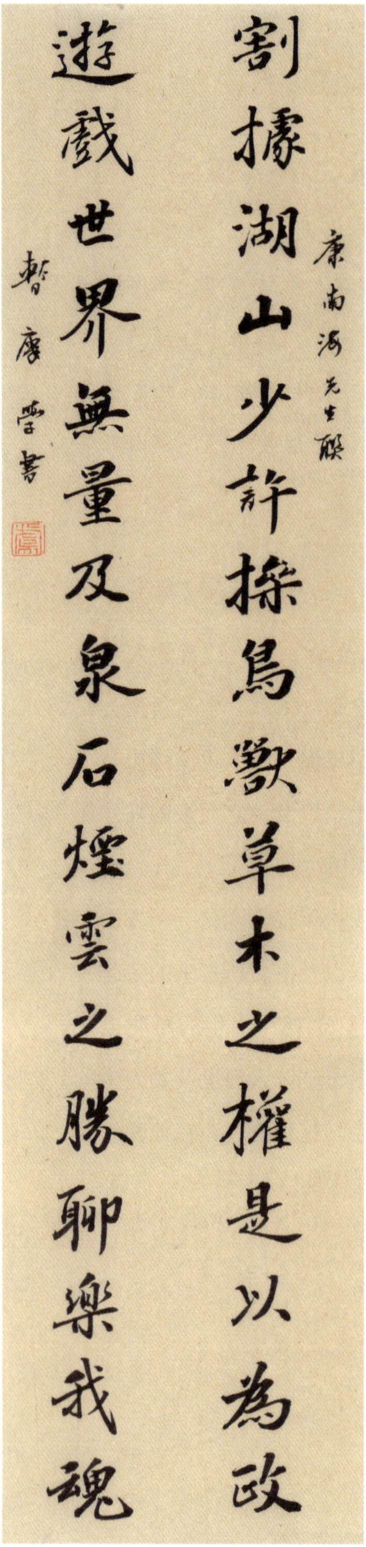
割據湖山少許操鳥獸草木之權是以為政
遊戲世界無量及泉石煙雲之勝聊樂我魂
康南海先生聯

上联 割据湖山少许，操鸟兽草木之权，是以为政；

下联 游戏世界无量，及泉石烟云之胜，聊乐我魂。

割据湖山少许，操鸟兽草木之权，是以为政；

游戏世界无量，及泉石烟云之胜，聊乐我魂。

又

沧桑多迁，陵谷多易，教宗多劫，国土多沦，亭阁鸡虫看得失，无一物当情，历尽成住坏空，觉来栩栩；

天地不大，毫末不细，大椿不寿，朝菌不短，微尘世界何所惜，观我生自度，仍行慈悲喜舍，想入非非。

1921年，康有为建成杭州别业“一天园”，主体建筑“人天庐”。一天园位于西湖西部临湖的一个半岛，与花家山毗邻，原名丁家山，又名一天山，自康有为建造一天园，又称康家山。山不甚高，却能俯瞰全湖，足以清心悦目。康有为每年春秋两季几乎都住在这里，泛舟西湖，与友人谈诗论文，享受湖光山色、人间胜景。第一副联足见康有为徜徉西湖时的怡然自得。

第二副联中晚年思想体现得更鲜明。萧公权《康有为思想研究》中将康有为的思想分第一时期与第二时期。第一时期为青年、中年期，康有为认为，人定胜天，这是生命的基本规律。第二时期为晚期，从超然的立脚点来观察人与宇宙，康有为放弃人定胜天、人本主义，相信人的幸福得自超越世界，而非重建世界。晚年的康有为以这种出世的心态来讲求“天游之学”，展示其“圣、仙、佛”的人生格调。上联“沧桑多迁，陵谷多易，教宗多劫，国土多沦”概指世事变迁。“成住坏空”，佛经上云，世间万物无常，有所谓

“三理四相”。“三理”就是物理、生理、心理，四相是“成、住、坏、空”。“亭阁鸡虫”，比喻细微得失。“栩栩”，典出《庄子·齐物论》，“昔者庄周梦为蝴蝶，栩栩然蝴蝶也”。下联从“大”“细”“寿”“短”四个方面表明了作者的达观。以此达观之心反观，自己则“仍行慈悲喜舍，想入非非”。“想入非非”语出《楞严经》：“于无尽中发宣尽性，如存不存，若尽非尽，如是一类，名为非想非非想处。”

康有为从早年的热忱救国，到中年的连连受挫，到晚年的入世之心锐减，把眼光投向了事物之外，心游太虚，如他诗中所说，“结庐人境心乃远，呼吸通天开九关”。康有为晚年的《诸天讲》中也说：“逍遥乎诸天之上，翱翔乎寥廓之间，则将反视吾身、吾家、吾国、吾大地，是不啻泰山与蚊虻也，奚足以撄吾心哉！”知宇宙之大，觉人间世事之渺小。世事不足挂齿，又何必费心?人间悲欢不足以挂齿，有何足以悲欢？这便是康有为晚年遗世独立、超然物外的“圣仙”心境。

况周颐

况周颐（1859—1926），字夔笙，别号玉梅词人，晚号蕙风词隐，人称况古，广西临桂（今桂林）人。一生致力于词，凡50年，尤精于词论，与王鹏运、朱孝臧、郑文焯合称“清末四大家”，著有《蕙风词》《蕙风词话》。

余唯利是视；

民以食为天。

此联为况周颐晚年寓居上海时作，见《餐樱庑随笔》。联语很短，但从中可窥视况周颐个性。

况周颐《蕙风词话》五卷，是近代词坛上一部有较大影响的著作，其词学理论本于常州词派而又有所发展。他

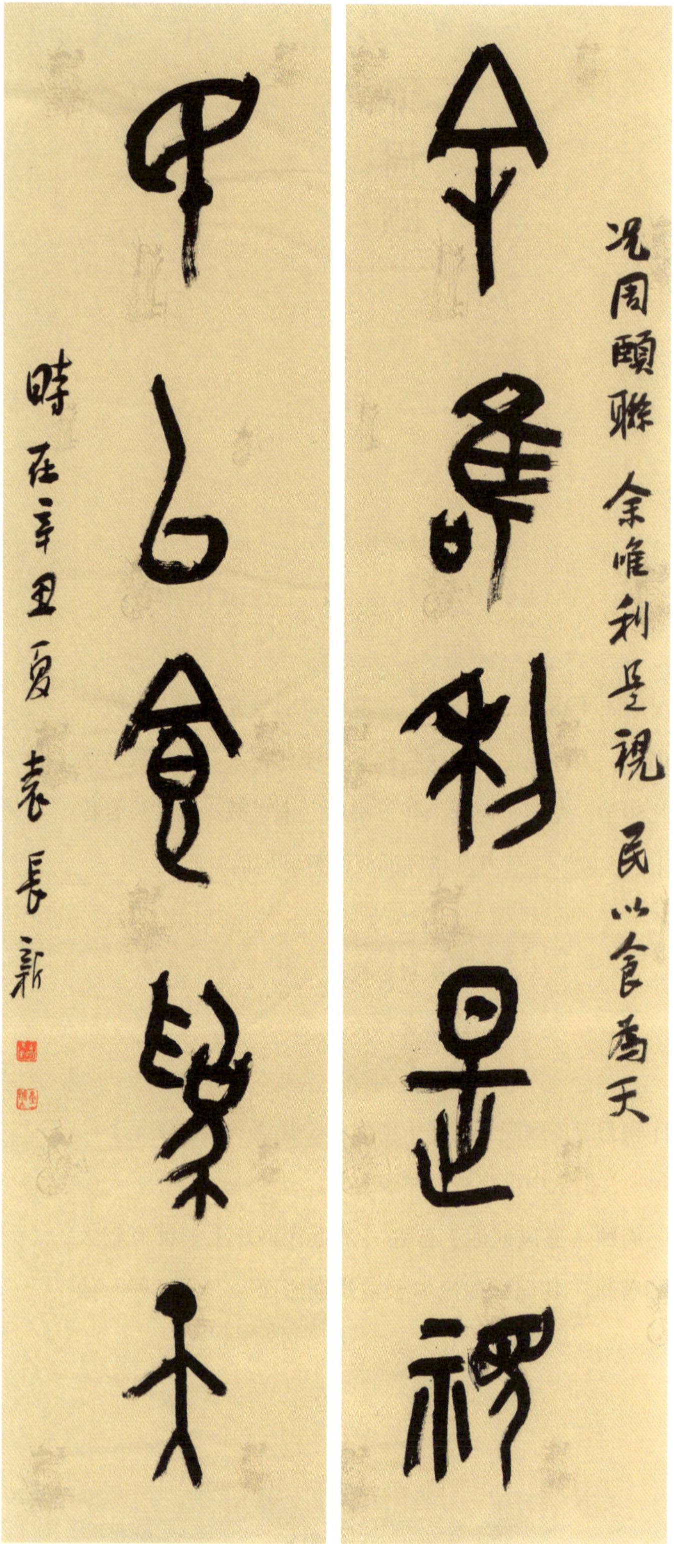

上联 余唯利是视；

下联 民以食为天。

强调常州词派推尊词体的“意内言外”之说，认为词必须注重思想内容，讲究寄托。又吸收王鹏运之说，标明“作词有三要，曰：重、拙、大”。他论词突出性灵，强调“真字是词骨，情真、景真，所以必佳”。此外，其论词境、词笔、词与诗及曲之区别、词律、学词途径、读词之法、词之代变，评论历代词人及其名篇警句都剖析入微，往往发前人所未发。但生活上，况周颐却是以名士的面貌展现在世人面前的。

首先，况周颐自负才学，且性情孤傲清高，目空一切。王鹏运《〈疆邨词〉序》云：“昨况夔笙渡江见访，出大集共读之，以目空一世之况舍人，读至《梅州送春》《人境庐话旧》诸作，亦复降心低首。”王鹏运眼里的况周颐“目空一世”，什么都不放在眼里，只有读到朱祖谋的词时才心服口服。况周颐爱憎分明，至情至性，他与王鹏运、朱祖谋交谊始终，与郑文焯、吴昌硕、蒯光典、李详交恶。据说况周颐与吴昌硕交恶，是因为况周颐撰成两副联语，请吴昌硕书写其中一副，他指定要行草，但吴昌硕生平罕书行草，最后以篆书写成，况周颐认为吴昌硕是故意逆其意，不给面子，从此与吴昌硕不相往来。况周颐晚年寓居上海，卖文为生，但他不放弃嗜好，不放弃倚声、金石、书籍等，仍然享受“厂肆购书之乐”，且一直吸食鸦片，以致穷困潦倒。况周颐去世时，朱孝臧将其葬于浙江湖州道场山。此联见到的，是不谙人间生存之道的况周颐，“民以食为天”，他，则不是。

谭嗣同

谭嗣同（1865—1898），字复生，号壮飞，湖南浏阳人。中国近代著名政治家、思想家，维新志士。代表作有《仁学》《狱中题壁》等。清光绪二十四年（1898）参加领导戊戌变法，失败后被杀，为“戊戌六君子”之一。

在北京宣武门外浏阳会馆内，即宣武区（现西城区）北半截胡同41号，有谭嗣同故居“莽苍苍斋”。当年谭嗣同住在五间西房的北套间里，并将自己的书斋题为“莽苍苍斋”，还为之题联。

莽苍苍斋一

家无儋石；

气雄万夫。

上联 家无儋石；

下联 气雄万夫。

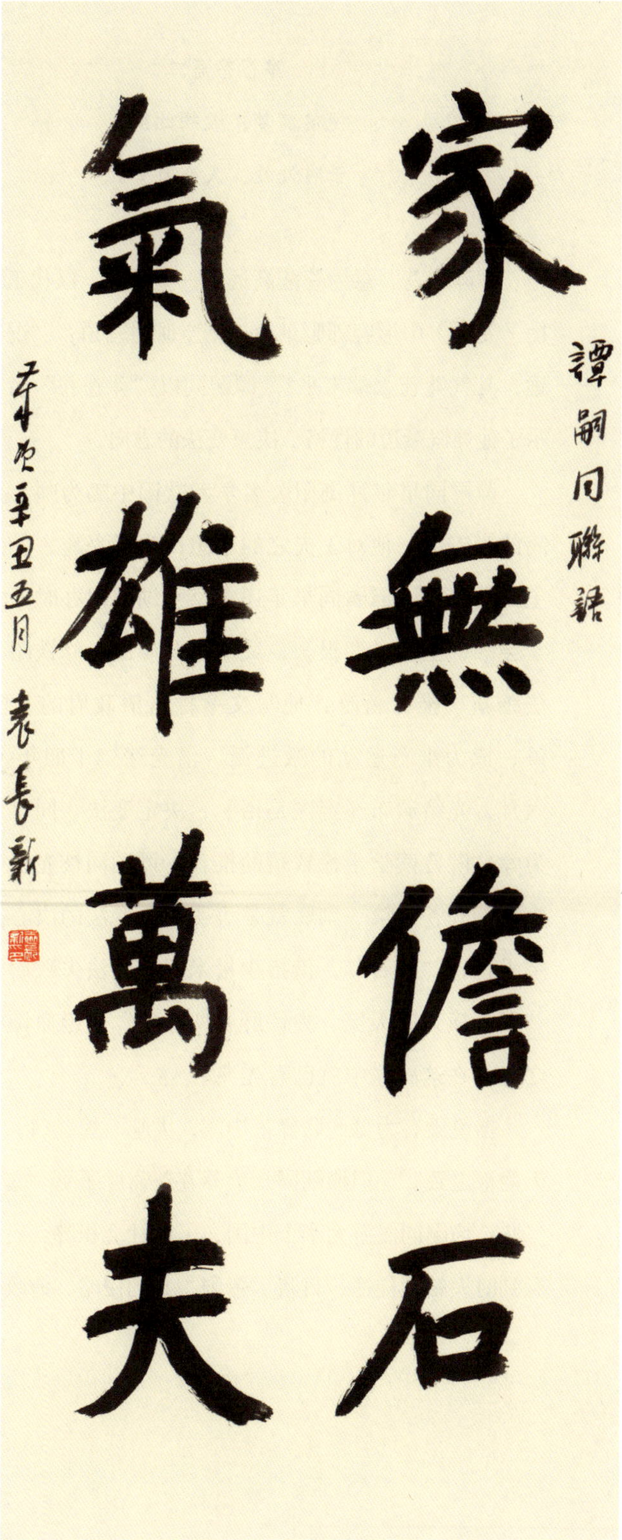

莽苍苍斋二

视尔梦梦，天胡此醉；

于时处处，人亦有言。

“莽苍苍”意为苍茫高远，一望无际。汉代王充在《论衡·变动》中形容郊野景色迷茫空旷时写道：“况天去人高远，其气莽苍无端末乎?”谭嗣同以“莽苍苍”名其斋，显示了他慷慨豪迈的性格，决意变法的志向。

谭嗣同早年拜浏阳著名学者欧阳中鹄为师，在欧阳中鹄的影响下，他对王夫之的思想产生了兴趣，受到了爱国主义的启蒙。谭嗣同早年还在家乡湖南倡办时务学堂、南学会等，主办《湘报》，又倡导开矿山、修铁路，宣传变法维新，推行新政，他写文章抨击清政府的卖国投降政策，成为维新运动的激进派。清光绪二十四年（1898）六月，光绪颁布《定国是诏》，决定变法。同年八月，因为翰林院侍读学士徐致靖的推荐，谭嗣同被光绪帝征召入京。莽苍苍斋第一副联就是表明投入变法的决心，自己无牵无挂，“儋石”，借指少量米粟。变法失败后，谭嗣同“我自横刀向天笑，去留肝胆两昆仑”，绝命诗中的豪迈之气早在这副联中就已有先兆。

据说康有为见此联锋芒毕露，大吃一惊，曰，“露圭角无静穆之致”。但谭嗣同却为莽苍苍斋题了更“露骨”的第二联。谭嗣同漫游大半个中国，了解社会积弊、民间疾苦，看到时人钻营仕途，目睹了帝国主义的侵略、清政府的腐败无能，他认为，这是一个浑浑噩噩的世界，即联语中“尔梦梦”“天胡此醉”，但谭嗣同有着类似于屈原式的“世人皆醉我独醒”的精神，他“于时处处，人亦有言”，这“人”，是他自己，是和他一样变法图强的志士。

与上面两副书斋联风格相似的，还有他的一副勉家人联。

勉家人

为人竖起脊梁铁；

把卷撑开眼海银。

梁启超曾经撰文回忆，得到光绪被慈禧监禁的消息时，他再三劝谭嗣同与他一起出走日本，当时时间还来得及。但谭嗣同却说：“程婴杵臼，月照西乡，我与陛下分任之。”谭嗣同毫不退缩，以血醒民、以死报国，他也绝不后悔。康梁先后出走，谭嗣同并没有坐以待毙，接下来的几天，据说他曾和大刀王五谋救光绪皇帝。另有记载，他试图策反握有新军的袁世凯，但被袁世凯告密。英雄的卓绝之处，在于他们面临生死考验，永远坚定地站在那里，永远“竖起脊梁铁”。

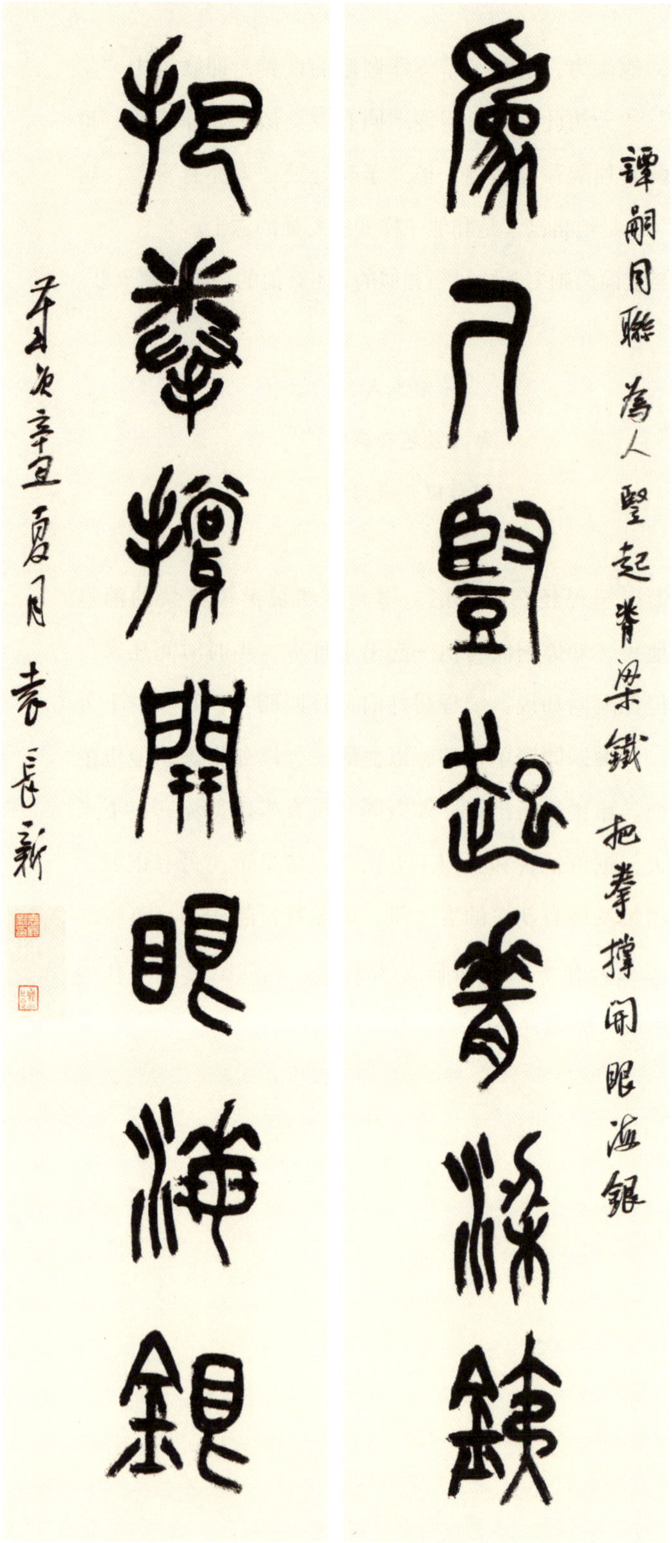

上联 为人竖起脊梁铁；

下联 把卷撑开眼海银。

第二章

馨香俎豆

祠庙作为文物建筑，承载了诸多历史、人文、科学、艺术、建筑、民俗信息。建祠修庙，用于祭祀，这个被祭祀的对象，有宗族祖先，祭祀是追溯生命来时的路，是对生命的崇敬；被祭祀的对象，有古圣先贤，祭祀是对文化的追溯，也是文化的弘扬。在中华大地上，有忠君爱国的屈原祠，有『究天人之际，通古今之变，成一家之言』的司马迁庙，还有『致君尧舜上，再使风俗淳』的月白风清的杜甫草堂。因为这些祠庙的存在，中华文化精神生生不息，世代流传，通过他们，我们可以清晰地看到文化传承和流动的方向。

炎帝黄帝陵

炎帝，是中国上古时期姜姓部落的首领尊称，号神农氏，又号魁隗氏、连山氏。传说姜姓部落的首领由于懂得用火而得到王位，所以称为炎帝。相传炎帝牛首人身，他亲尝百草，发展用草药治病；他发明刀耕火种，创造了两种翻土农具，教民垦荒种植粮食作物；他还领导部落人民制造出了饮食用的陶器和炊具。传说炎帝部落后来和黄帝部落结盟，共同击败了蚩尤。

黄帝，据说他是少典与附宝之子，本姓公孙，后改姬姓，故称姬轩辕，居轩辕之丘，号轩辕氏。史载黄帝因有土德之瑞，故号黄帝。黄帝因统一华夏部落，征服东夷、九黎族而统一中华的伟绩载入史册。黄帝在位期间，播百谷草木，大力发展生产，始制衣冠、建舟车、制音律、作《黄帝内经》。

炎帝陵

药由草制，谷赖耒耕，陶藉土成，创饮食之源，福荫万里；
琴以桐剖，弦为丝练，布凭麻结，通神明之德，光耀千秋。

联语讲炎帝的贡献，哺育生民，导引生民。炎帝又称神农氏。他的主要贡献是将中华民族由渔猎时代带入农耕时代。他发明耒耜，播种五谷，解决了族民的吃饭问题。他还发明中草药、琴、音乐、明堂等，开民之智，惠民之实。

黄帝陵

拓地建邦垂衣裳，以胎华胄；
活人济世辨医药，而著内经。

联语讲黄帝的贡献，黄帝将中华民族由农耕时代带入文明社会，不仅创造了物质文明，还创造了政治文明。黄帝创立农业经济体制——井田制，以犁耕为主，发展农业生产，解决了族民的吃饭问题；种桑养蚕，纺织丝绸，解决了族民的穿衣问题；修建城堡、宫室等解决族民的安居问题；发明舟车、指南车等，解决族民的水陆交通问题；发明铜鼎、计量等，解决族民的日常用具问题；建立市场，发明货币，解

上联　药由草制，谷赖耒耕，陶藉土成，创饮食之源，福荫万里；

下联　琴以桐剖，弦为丝练，布凭麻结，通神明之德，光耀千秋。

上联 拓地建邦垂衣裳，以胎华胄；

下联 活人济世辨医药，而著内经。

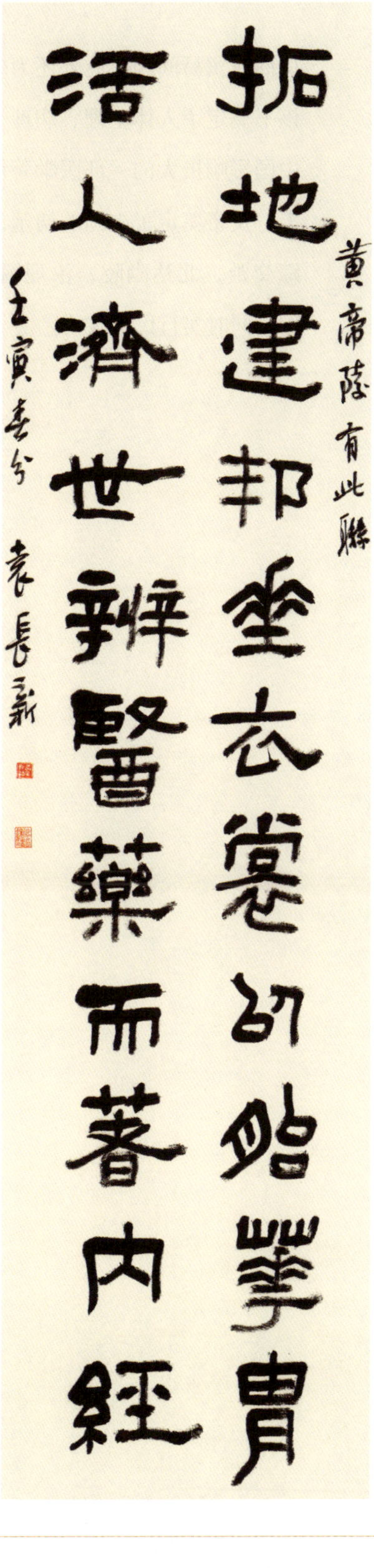

决商业贸易问题。此外还为中华民族留下了《黄帝内经》，该书奠定了人体生理、病理、诊断以及治疗的认识基础，是中国影响极大的一部医学著作，被称为医之始祖。政治文明上，黄帝奠定了中国的初基，疆域东自东海，西至流沙，南踪交趾，北达幽陵，治理国家时不仅以德治国，也以法治国，同时实行民主政治。

禹王庙

禹（生卒年不详），姒姓，夏后氏，名文命，安邑（今山西夏县）人，上古时期夏后氏首领、夏朝开国君王，历史上的治水名人，史称大禹、帝禹、神禹。相传，禹治理洪水有功，接受舜帝禅让，继承部落首领，在诸侯的拥戴下，正式即位，建立夏。

绩奠九州垂万世；

统承二帝首三王。

此联肯定大禹的历史功绩及其地位。大禹“绩奠九州”在中国历史上产生了巨大而深远的影响，功“垂万世”。先秦时代，滔天的洪水不但阻碍了农业的发展、社会的稳定，

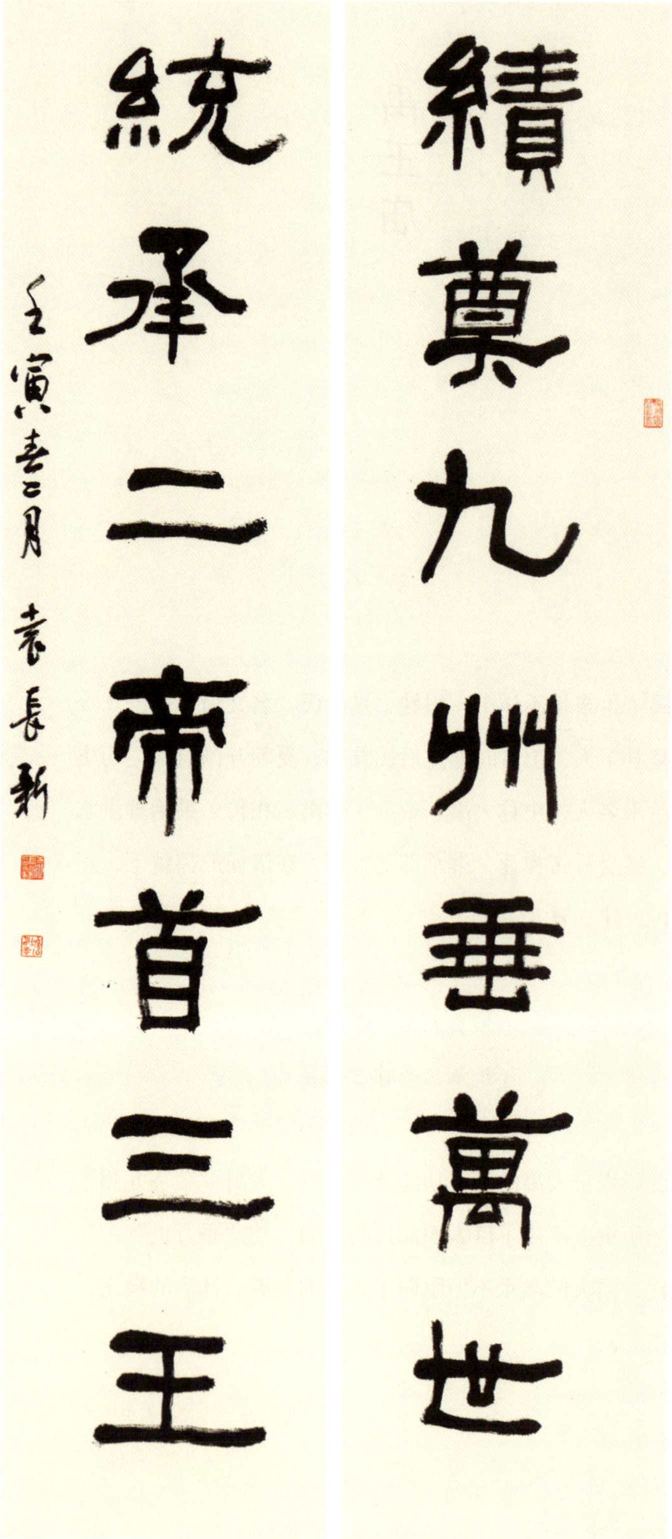
績奠九州垂萬世
統承二帝首三王
壬寅春二月
袁長新

上联　绩奠九州垂万世；

下联　统承二帝首三王。

而且导致百姓居无定所、四处飘零，时刻面临死亡的威胁。在这种局面下，大禹以坚韧不拔的毅力，通过十数年对黄河、淮河、长江等大江大河的治理，使饱受水患之苦的百姓逐渐过上了安定的生活。更重要的是，禹还建立夏，用阶级代替原始社会，以文明社会代替野蛮社会，结束了中国原始社会部落联盟的社会组织形态，创造了“国家”这一新型的社会政治形态，推动了中国帝王历史沿革的发展。

龙门禹庙联

东龙门，西夔门，行地喜安澜，历数胜游，疏凿千年怀禹迹；

左晋岭，右秦岭，极天撑峭壁，中分两界，别开一线走河流。

禹的父亲叫鲧，鲧治水采取的是用石块和泥土筑坝的办法。结果是坝越高，水越涨，憋在堤坝中的洪水，犹如囚在笼中的猛兽，只要突破一个缺口，便决堤而出，一发不可收拾，鲧治水无功被罢，于是禹接受治水的任务。禹采用疏导的办法，先了解地形地势，寻找河源，然后采用可以泄导洪水的方法。

大禹治水的重点在黄河流域，这里不仅是当时的政治中心，而且黄河流域人口最为密集，农业最为发达，是先秦时期最为重要的区域。山西平阳黄河孟门位居中流，地势险要，最难治理。“孟门、龙门乃河之上下口，山石当路，东流水泄不利”，于是禹凿掉山石，黄河水顺畅通过。凿石之后，夹岸崇深，两壁峭立。长江的安澜，河流安稳不泛滥。

洪水想当年，幸怪锁洪湖，十万户饭美鱼香，如依夏屋；
清时思俭德，祝神来清浦，千百载泳勤沐泽，共乐春台。

麟庆撰。夏禹治水，三过家门而不入的忘我精神，在中华民族历史上成为公而忘私的典范，其本人也受到了历代人民的无限崇拜，甚至经历了由人到神的转化，其生平及治水实践同时也被赋予了很多神秘色彩。据历史传说，远古时代洪水泛滥，皆因水中的一种怪兽作祟，大禹治水成功也因为他锁过很多水怪，在河南禹州、今江苏泗洪、山东济南市的舜井、重庆巫山，均有大禹锁龙的故事传说。上联的“怪锁洪湖”，指大禹锁传说中淮水的水神无支祁，大禹用铁索锁住了无支祁的脖颈，拿金铃穿在他的鼻子上，把他镇压在淮阴龟山脚下，从此淮水才平静地流入东海，才有了江淮平原的“十万户饭美鱼香，如依夏屋”，夏屋，大屋。下联讲海晏河清、物阜民丰之时要提倡节俭，如此才可以千百载永享这丰足的生活。春台，春日登眺览胜之处。

上联

洪水想当年，幸怪锁洪湖，十万户饭美鱼香，如依夏屋；

下联

清时思俭德，祝神来清浦，千百载泳勤沐泽，共乐春台。

周文王庙

周文王（约前1152—约前1056），姬姓，名昌，岐周（今陕西岐山县）人。周朝奠基者，周武王之父。又称周侯、西伯、姬伯。中国儒家文化中，周文王是至忠至孝、至仁至德的理想君王。孔子盛赞周文王“三分天下有其二，以服事殷”的至德，并以文王的继承者自居，“文王既殁，文不在兹乎?”周文王在政治上奠定的西周政体是中国几千年封建专制集权之先声，他作的《周易》对中国古代传统文化影响深刻。

蒙难观爻，石径蒺藜皆卦象；
拘幽作操，云田柞棫亦琴材。

周灭商之前本是商的属国。周文王姬昌勤于政事，广罗人才，许多外部落的人才以及商纣王朝的贤士都来投奔，姬

上联 蒙难观爻，石径蒺藜皆卦象；

下联 拘幽作操，云田柞棫亦琴材。

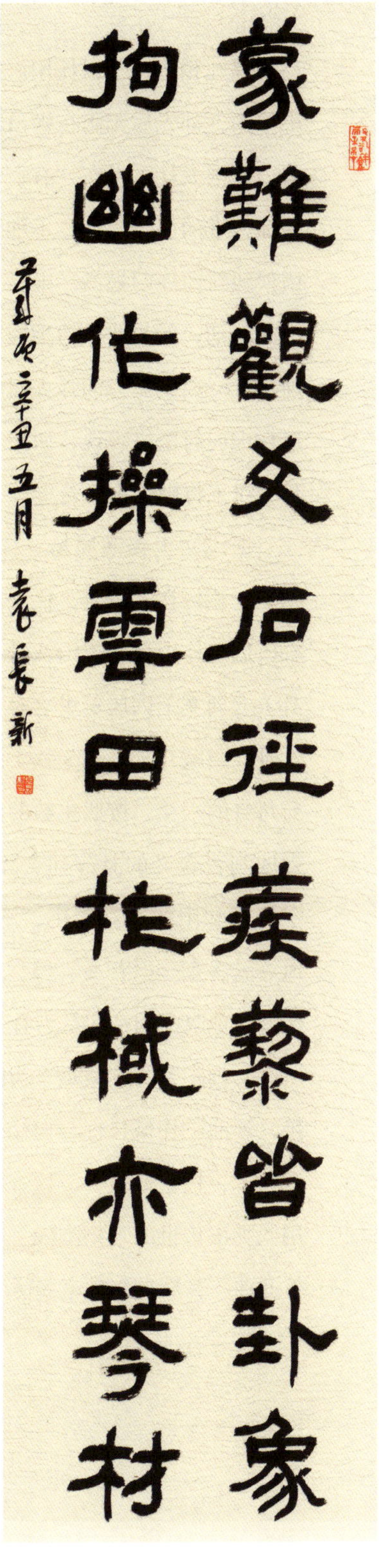
蒙難觀爻石徑蒺藜皆卦象
拘幽作操雲田柞棫亦琴材

昌均以礼相待，予以任用。如伯夷、叔齐、太颠、鬻熊、辛甲等人，都先后归附在姬昌部下称臣。姬昌拜吕尚为军师，问以军国大计，发布“有亡荒阅”的律令，规定奴隶逃亡就搜捕，谁的奴隶归谁，不准藏匿逃亡奴隶。在这一举措下，诸侯叛纣而往归姬昌。姬昌生活勤俭，穿普通人衣服，还到田间劳动，兢兢业业治理周国。岐周在他的治理下，国力日渐强大。周朝国力的强大引起商王朝的不安，商纣王的亲信崇侯虎向纣王进言说，西伯“积善累德，诸侯皆向之”，于是，纣王将姬昌拘于羑里。

据说文王善演周易。《史记》记载，“文王拘而演周易”。相传在上古时，伏羲氏创造先天易（先天八卦），神农氏创造连山易（连山八卦），轩辕氏创造归藏易（归藏八卦）。周文王囚居羑里之时，悉心钻研，将先天八卦、连山八卦、归藏八卦推演为六十四卦和三百八十四爻，并对每卦与每卦的六爻，按照象数的内涵和有关缘由，分别配以具有吉凶利否含义的卦辞和爻辞。《周易》以简单的图像和数字，阴和阳的对立变化，阐述纷纭繁复的社会现象，以及风、云、雷、电、鸟、兽、虫、鱼。周文王研究爻象极为专注，故他眼中的一切都为有爻象，包括“石径蒺藜”。

“拘幽”与“蒙难”为同一事，皆指文王被囚于羑里。操，琴曲。柞棫，栎与白桵树。汉刘歆《甘泉宫赋》：“豫章杂木，楩松柞棫。”这本是一般的材质，但周文王却亦能用此弹出传世的《拘幽操》。《拘幽操》是周文王“申愤而作此曲”，后世文学家多仿《拘幽操》抒己之愤懑。

伯夷叔齐二仙庙

伯夷、叔齐独行其志，耻食周粟，饿死首阳山，千百年来包括著名思想家、史学家、艺术家、文人学者、帝王将相纷纷以各种形式，包括诗词、美术、书法等艺术形式歌颂伯夷、叔齐重于仁义的让国精神，耻食周粟宁愿饿死的气节。

山西永济首阳山伯夷叔齐庙

几根傲骨头，撑持天地；

两个饿肚腹，包罗古今。

又

河北卢龙夷齐庙

兄让弟，弟让兄，父命天伦千古重；

圣称贤，贤称圣，顽廉懦立百世师。

兄讓弟弟讓兄父命天倫千古重
聖稱賢賢稱聖頑廉懦立百世師

上联 兄让弟，弟让兄，父命天伦千古重；

下联 圣称贤，贤称圣，顽廉懦立百世师。

伯夷、叔齐是商末孤竹君的两位王子。伯夷为长子，名允。叔齐为幼子，名致。孤竹君生前有意立叔齐为嗣子继承他的事业。但按照当时的常礼，即位的应该是长子。孤竹君死后清廉自守的伯夷说，应该尊重父亲生前的遗愿，国君的位置应由叔齐来做。于是他放弃君位，逃到孤竹国外。大家就推举叔齐做国君。叔齐说，我如当了国君，于兄弟不义，于礼制不合。他也逃到孤竹国外，和他的长兄一起过流亡生活。人们对他们的这种行为非常赞赏，“能以国让，仁孰大焉，伯夷顺乎亲，叔齐恭乎兄”，对他们给予很高的评价，列为圣贤。

为了躲避残暴的商纣王，伯夷、叔齐居住在北海之滨，和东夷人一起生活。后来他们相约到周国去，但是走在中途遇见了周武王带着周文王牌位伐纣的大军，他们二人大失所望，叩马而谏，说，父死不埋葬，就动起武来，这能算作孝吗？以臣子身份来讨伐君主这能算作仁吗？武王伐纣成功，建立新的周朝，伯夷、叔齐认为周武王行为可耻，发誓再不吃周朝的粮食。但是当时周朝统一各国，伯夷、叔齐只好相携着到首阳山上采薇菜吃。在采薇菜时，他们还唱着歌说，上那个西山哪，采这里的薇菜。用那强暴的手段来改变强暴的局面，我真不理解这样做算是对呀。先帝神农啊，虞夏啊，这样的盛世，恐怕不会有了。我们上哪里去呢，真可叹啊，我的生命就要结束了。于是他们饿死在了首阳山。“傲骨头”“饿肚腹”即指不食周粟。

山西永济首阳山伯夷叔齐庙还有一联：

竞开宇宙争端，薇蕨馨香，愧对墨胎义士；
阅尽沧桑变局，河山带砺，难比雷首佳城。

薇蕨，指伯夷叔齐采薇菜、蕨菜。墨胎，孤竹国君姓墨胎。雷首，古山名，即今山西省的中条山脉西南端。这一副联应该是在一个纷争的特定历史时期，联家因伯夷叔齐让国精神和耻食周粟的高尚气节有感而发，并不是就伯夷叔齐事迹铺陈。

上联 竟开宇宙争端，薇蕨馨香，愧对墨胎义士；

下联 阅尽沧桑变局，河山带砺，难比雷首佳城。

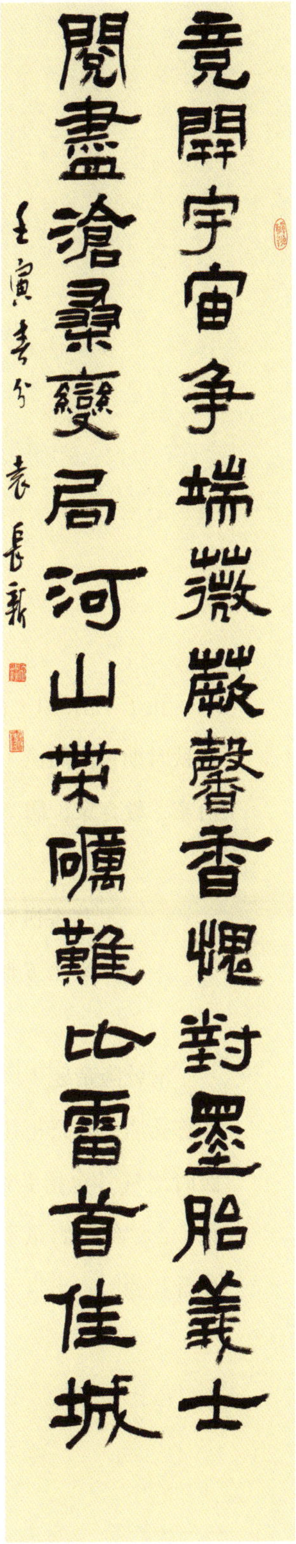
竟闢宇宙爭端薇蕨馨香愧對墨胎義士
閱盡滄桑變局河山帶礪難比雷首佳城
壬寅春分
袁長新

孔庙

孔子（前551—前479），子姓，孔氏，名丘，字仲尼，春秋时期鲁国陬邑（今山东曲阜）人，中国古代思想家、政治家、教育家，儒家学派创始人。

气备四时，与天地日月鬼神合其德；
教垂万世，继尧舜禹汤文武作之师。

清乾隆帝题于国子监大成殿联。大成殿位于安定门内，亦称孔庙，是祭祀孔子的地方。“气备四时”原指春夏秋冬四时之气，也指弘远的气度。语出刘义庆《世说新语·德行》：“绪季野虽不言，而四时之气亦备。”“天地日月鬼神合其德”，出自《易·乾》“夫大人者，与天地合其德，

上联 气备四时，与天地日月鬼神合其德；

下联 教垂万世，继尧舜禹汤文武作之师。

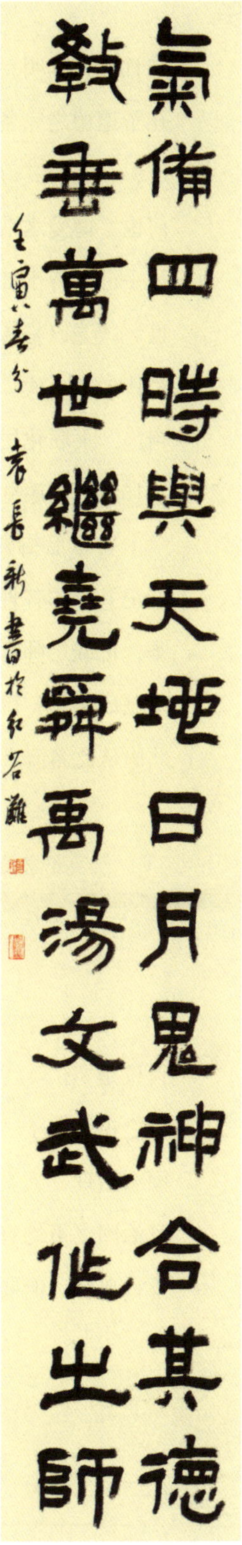
氣備四時與天地日月鬼神合其德
敎垂萬世繼堯舜禹湯文武作之師

与日月合其明，与四时合其序，与鬼神合其凶”。上联盛赞孔子道德之完备，虚写。下联化韩愈复古崇儒为宗旨的《原道》，实写其万世之德。《原道》：“夫所谓先王之教者，何也？博爱之谓仁，行而宜之之谓义。由是而之焉之谓道。足乎己无待于外之谓德。”孔子具有此“德”，且能传之万世。“尧以是传之舜，舜以是传之禹，禹以是传之汤，汤以是传之文、武、周公，文、武、周公传之孔子，孔子传之孟轲。”下联化用康熙题“万世师表”匾额。清康熙二十三年（1684），康熙到曲阜孔庙祭孔时，听监生孔尚任讲完《大学》首章后御赐“万世师表”，语出《三国志·魏志·文帝纪》：“昔仲尼大圣之才，怀帝王之器……可谓命世之大圣，亿载之师表者也。”后来，根据大臣奏请，康熙将此题字制成匾额，御赐在全国各州府的孔庙大成殿内正中悬挂，此匾从此名流天下，“万世师表”四字亦为孔子像独享。

齐家治国平天下，信斯言也，布在方策；
率性修道致中和，得其门者，譬之宫墙。

孔子仁学是儒家理论的核心，但孔子留给后世的，不仅仅是“仁”“义”之德，还有他儒家的家国思想，以及修身之道。孔子“修身、齐家、治国、平天下”在品德修养、国家治理、人文精神维度上成为儒家坚守的信仰，故后世儒家治国之策均有此，即“布在方策”。布，分布、遍布。方策，典籍。但要想真正地认识走近孔子，必要“率性修道致

上联

齐家治国平天下，信斯言也，布在方策；

下联

率性修道致中和，得其门者，譬之宫墙。

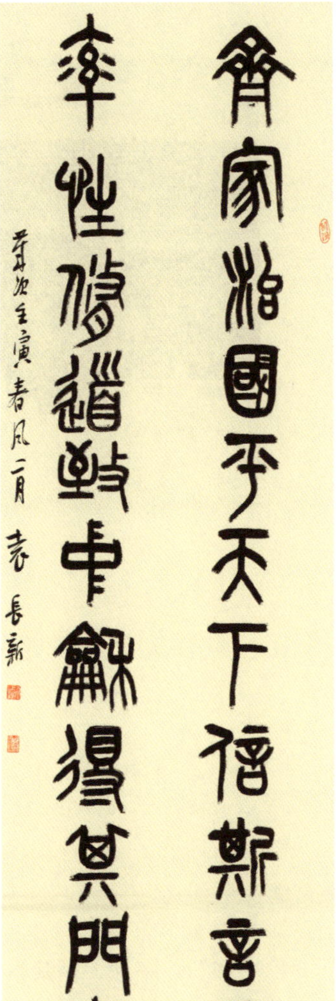

北京孔庙大成门

中和”。率性，循其本性；修道，学习。“致中和”出于《中庸》，含义极广。《中庸》讲“中”“和”有就性情而言，又有就人以及事物而言。只有领会了孔子理论体系中的“性”“道”“中和”，才算找到了解读孔子思想之门，才能透过这个门看到更深广的内容。《论语·子张》：“子贡曰：譬之宫墙，赐之墙也及肩，窥见室家之好；夫子之墙数仞，不得其门而入，不见宗庙之美，百官之富。”

鲁班庙

鲁班（前507—前444），春秋时期鲁国人，姬姓，公输氏，名班，人们惯称鲁班。鲁班在生产实践中有大量的发明创造，涉及建筑、工匠、工艺、机械、车辆、航天、军事等，包括工匠所用工具、生活器具、仿生器械、军用器具等。两千多年来，人们把古代劳动人民的发明创造集中到鲁班身上，鲁班成为中国古代工匠和发明创造的代名词。

机巧夺天工，削木称奇，共仰大名齐墨子；
聪明符神道，荐羞致敬，无烦后世传梓人。

在漫长的历史中，我国古代工匠以“木”为主要材料，鲁班的传说故事一直在民间广为流传，家喻户晓，这也是因

上联 机巧夺天工，削木称奇，共仰大名齐墨子；

下联 聪明符神道，荐羞致敬，无烦后世传梓人。

鲁班有着高超的技艺。康熙皇帝在《文集以德为卫解》指出："城郭之固足恃乎？公输之巧可仰而攻也。"鲁班技艺之"巧"主要体现在"巧做"和"巧思"两个方面。联语据此两点下笔，上联是巧做，"机巧夺天工""削木称奇"；下联是巧思，"聪明符神道"。

巧做是指工匠的灵巧技艺，在传统社会中，灵巧的技艺意味着拥有更胜一筹的产品从而获得行业竞争的优势。因此在某种程度上，技艺灵巧是工匠能否在众多从业者中得以胜出的重要法宝之一，也是传统师承制度中收徒授艺的重要衡量标准。巧思指工匠所具有的聪明智慧，巧思才能巧做，传统手工行业中所谓的绝技，是工匠聪明智慧和灵巧双手相结合的产物，是巧思和巧做的完美结合。鲁班因为巧做，"机巧夺天工，削木称奇"；巧思，"聪明符神道"，所以鲁班"无烦后世传梓人"，被后世"共仰大名齐墨子"。

在公元前450年前后，鲁班从鲁地来到楚国，帮助楚国制造兵器，他创制云梯，准备攻宋国。墨子不远千里，从鲁行十日十夜至楚国都城郢，与鲁班和楚王辩难，说服楚王停止攻宋。因鲁班、墨子斗技于楚故事的深远意义，故谈鲁班必言墨子。《韩非子·外储说》载："墨子为木鸢，三年而成之巧，至能使木鸢飞。"《墨子》中记载，墨子制作的攻城器械比鲁班制作的还要巧妙。墨子因墨家学说传于后世，但鲁班因为巧思巧做声名丝毫不减墨子。

化工无工，入斯门休轻弄斧；

成器不器，似此老方许斫轮。

上联化成语“班门弄斧”，下联化成语“扁斫砍轮”。这副联用老子的“有”“无”相生理论赞许鲁班的技艺。人们形容某一项技艺至巧称为“巧夺天工”，对一件作品达到至美的境界赞叹为“造化天工”。鲁班有着令后世景仰崇拜的巧思与巧做，他是“化工无工”，鲁班造化天工的技艺是浑化无痕的工，所以，鲁班之巧不仅仅在“削木称奇”的斧头本身，斧头后面无穷的智慧才是人们难以企及的。成器，成为人才。砍轮，据《庄子·天道》载，齐桓公读书于堂上，轮人扁斫轮于堂下，他跟桓公说斫雕车轮之术，要不徐不疾，得心应手，后有“行年七十而老斫轮”之语，称经验丰富技术高超的人为“斫轮手”。这副对联作者用化工之力和成器之人赞扬鲁班的绝伦技艺。

屈原祠

屈原（约前340—前278），芈姓，屈氏，名平，字原，又自云名正则，字灵均，出生于楚国丹阳秭归（今湖北宜昌），战国时期楚国诗人、政治家。早年受楚怀王信任，任左徒、三闾大夫，兼管内政外交大事。屈原提倡“美政”，主张对内举贤任能，修明法度，对外联齐抗秦，因遭贵族排挤诽谤，被先后流放至汉北和沅湘流域。楚国郢都被秦军攻破后，屈原自沉于汨罗江，以身殉楚国。屈原是中国历史上一位伟大的爱国诗人，浪漫主义文学的奠基人，“楚辞”的创立者和代表作家，开辟了“香草美人”的传统，被誉为“楚辞之祖”，其主要作品有《离骚》《九歌》《九章》《天问》等。

何处招魂，香草还生三户地；

当年呵壁，清湘应识九歌心。

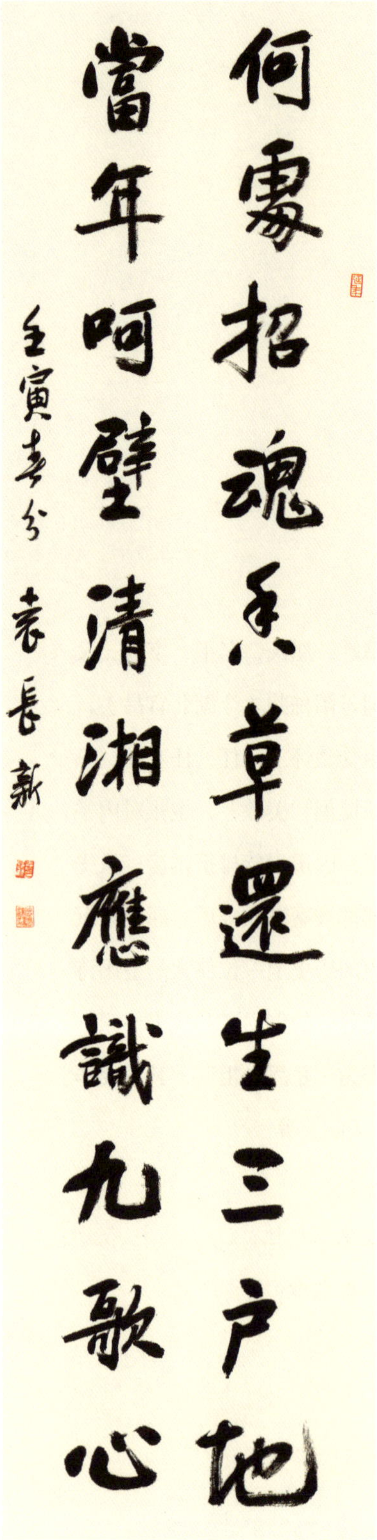
何處招魂香草還生三户地
當年呵壁清湘應識九歌心
壬寅春分
袁長新

上联 何处招魂，香草还生三户地；

下联 当年呵壁，清湘应识九歌心。

“招魂”双关义，一指何处招屈原的魂，也指屈原的作品《招魂》。楚怀王受秦欺骗，入武关被拘于秦，逃跑不成，怨愤而死，“楚人皆怜之，如悲亲戚”。怀王囚秦时，不肯割地屈服，楚人怀念他。屈原在郢都被攻破后沉江殉国，人们也深深怀念他。“香草”指屈原，古典诗文中“香草”用以象征忠君爱国的思想。“三户地”指楚地。《史记》：“秦灭六国，楚最无罪。自怀王入秦不反，楚人怜之至今，故楚南公称曰‘楚虽三户，亡秦必楚’。”“三户地”表达了以屈原为代表的楚人深切的爱国之情。呵壁，王逸《〈天问〉序》：“屈原放逐，彷徨山泽。见楚有先王之庙及公卿祠堂，图画天地山川神灵，琦玮僪佹，及古贤圣怪物行事。因书其壁，呵而问之，以渫愤懑。”屈原呵壁问天，是一片真诚的爱国之心。九歌，指屈原的作品《九歌》。屈原放逐江南时所作，“怀忧苦毒，愁思沸郁”，通过制作祭神乐歌寄托自己对楚国的深切思念，无缘报效楚国的伤感之情。上下联从不同角度写屈原的忠君爱国思想。

屈原为实现振兴楚国的大业，对内积极辅佐怀王变法图强，对外坚决主张联齐抗秦，使楚国一度出现了国富兵强的局面，但最终因馋被逐，以身殉国。屈原的爱国主义精神对后世影响深远，他感怀祖国的作品对后世影响也极为深远，成为中国文学史上的璀璨明珠，“逸响伟辞，卓绝一世”。同时，作为一个伟大的诗人，屈原的出现，标志着中国诗歌进入了一个由集体歌唱到个人独创的新时代。

李冰父子庙

李冰，号称陆海，战国时代著名的水利工程家。公元前256年—公元前251年被秦昭王任为蜀郡（今成都一带）太守。其间，李冰治水，创建了奇功。他征发民工在岷江流域兴建许多水利工程，其中以李冰父子共同主持修建的都江堰水利工程最为著名。几千年来，该工程是成都平原发展为天府之国的坚实基础。后世为纪念李冰父子，在都江堰修有二王庙，李冰被后人尊为川主。

威慑蛟龙，不仅水平六字；

劳成沟洫，特隆肸蚃三巴。

水平六字，指李冰岁修原则，即“深淘滩，低作

上联

威慑蛟龙，不仅水平六字；

下联

劳成沟洫，特隆肸蚼三巴。

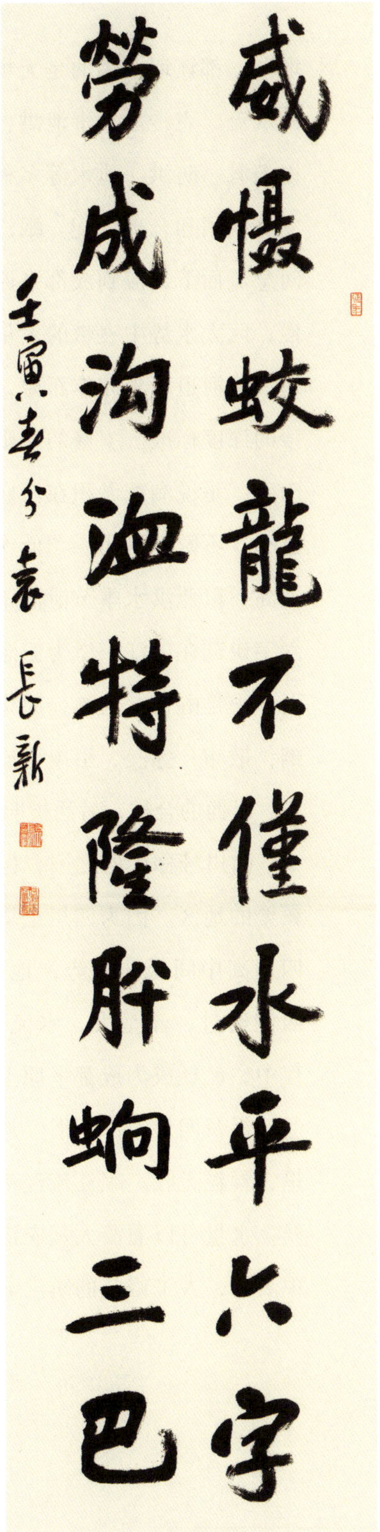

堰”。都江堰采用的是无坝水利工程，主要渠道以鱼嘴分配水流，飞沙堰负责泄洪，宝瓶口地区负责引水，这样就以灌溉、防洪、泄水等多种治水手段，有效地将岷江水流充分利用和合理分配。岷江裹挟着巨大水势，于千沟万壑间急流而下，流到成都平原时，因地势平缓，水流速度减慢，巨大水势中夹带的大量泥沙随即在沿途江底沉积，淤塞沿途河道。李冰作石犀，埋在江中，作为岁修时淘挖泥沙的深度标准。岁修的原则是“深淘滩，低作堰”，“深淘滩”是说淘挖淤积在江底的泥沙要深些，以免内江水量过小，不敷灌溉用；“低作堰”是说飞沙堰堰顶不可修筑太高，以免洪水季节泄洪不畅，危害成都平原。后人把这六字诀刻在内江东岸为纪念李冰父子而建的二王庙的石壁上，很是醒目。沟洫，原指田间水道，借指农田水利。肸蚼，散布；弥漫，引申为连绵不绝。三巴，本指巴郡、巴东、巴西的合称，后泛指四川。

四川号称天府之国，但在古代却是一个自然灾害极度频繁的地区。因为四川全境高山险峻，河流众多，地势呈四周高中间低洼之势，地势落差极大。岷江从成都平原西侧通过，流量大，水流急促，在连年修筑堤坝治水过程中，已经成为成都平原上的悬河，几乎每年都会洪水泛滥，祸及四川大部。但一遇到干旱，四川境内又会赤地千里，颗粒无收。岷江流经都江堰时水势很大，年头好的时候，水量可以灌溉大量农田，如遇到连降暴雨，岷江会出现洪峰，人工修筑的防洪大堤根本无法抵御。面对一这状况，李冰继任蜀郡太守后，经过细致考察，利用自然条件，在岷江流经都江堰处开挖建造都江堰水利枢纽。建成之后，成都平原的水患被彻底消除，蜀地遂成为“水旱从人，不知饥馑”的天府之国。

司马迁庙

司马迁（前145年或前135年—？），字子长，生于龙门，西汉夏阳（今陕西韩城）人，西汉史学家、散文家。后世尊称为史迁、太史公、历史之父。司马迁早年受学于孔安国、董仲舒，漫游各地，了解风俗，采集传闻。初任郎中，奉使西南。元封三年（前108）任太史令，继承父业，著述历史。他以“究天人之际，通古今之变，成一家之言”的史识创作了中国第一部纪传体通史《史记》（原名《太史公书》）。该书被公认为中国史书的典范，记载了从上古传说中的黄帝时期到汉武帝太初四年，长达3000多年的历史，是“二十四史”之首，被鲁迅誉为“史家之绝唱，无韵之离骚”。

刚直不阿，留将正气照尘寰；
幽怨发愤，著成信史凌霄汉。

刚直不阿，指司马迁为李陵直言之事；幽怨发愤，指司马迁遭宫刑之后发愤写成《史记》。信史，纪事真实可信、无所讳饰的史籍。

司马迁的父亲司马谈曾任太史令，是一位刻苦勤奋的学者，他把修史作为神圣的使命，可惜壮志未酬与世长辞。临终前，他把希望寄托在儿子身上，勉励他完成自己未竟的事业。他拉着司马迁的手泣不成声，殷切地说道："余死，汝必为太史。为太史，无忘吾所欲论著矣。"司马迁俯首流涕，向父亲表示："小子不敏，请悉论先人所次旧闻，弗敢阙。"司马迁在与父亲生死诀别之际接受了修史的嘱托，修史的决心从此坚定。三年后，司马迁继任太史令，开始了《太史公书》，即后来称为《史记》的写作。但是，事出意外，天汉三年（前98），李陵战败投降匈奴。文武百官都骂李陵，武帝以李陵之事问太史令司马迁，司马迁则说，李陵服侍母亲孝顺，对士卒讲信义，常奋不顾身以赴国家危难，李陵的战功足以传扬天下，那些为保全身家性命的臣下不应该攻李陵一点而不计其余，李陵之所以不死，是想立功赎罪以报效朝廷。武帝认为司马迁替李陵说情诋毁贰师将军，于是把司马迁下狱并处以宫刑。经历李陵之祸以后，司马迁的心态发生了很大变化，他的修史动机也有所调整。他在列举周文王、孔子、屈原、左丘明、孙膑、吕不韦、韩非等人

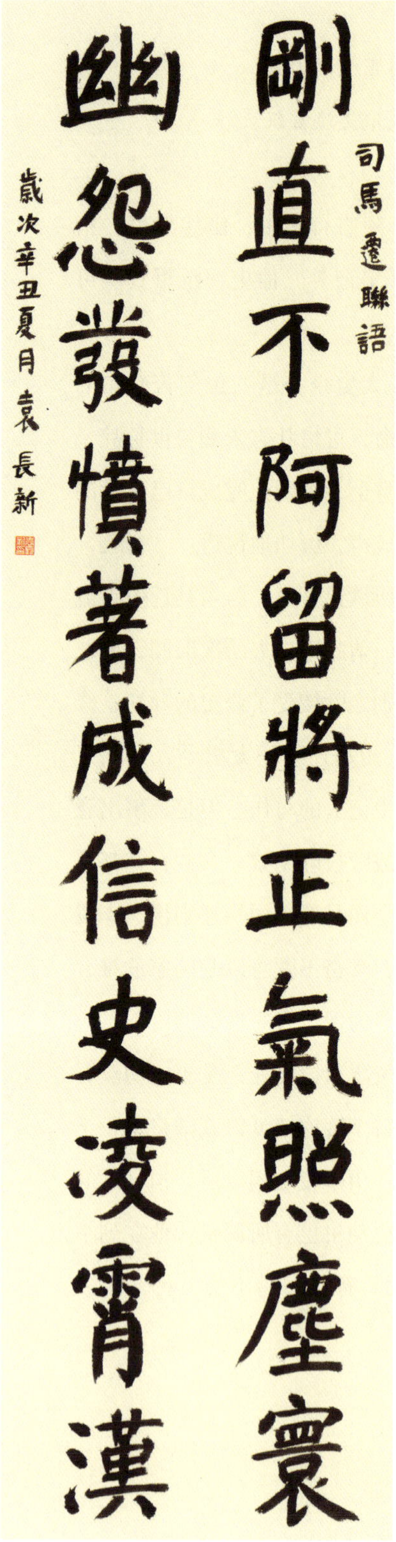
司馬遷聯語
剛直不阿留將正氣照塵寰
幽怨發憤著成信史凌霄漢
歲次辛丑夏月 袁長新

上联 刚直不阿，留将正气照尘寰；

下联 幽怨发愤，著成信史凌霄汉。

著书立说的动因时称，“此人皆意有所郁结，不得通其道也”。他认为自己也属于发愤著书之类，他是在经历磨难之后通过著书抒发心中的抑郁和不平，即“幽怨发愤”。

司马迁由于身陷囹圄、遭受宫刑，不再把修史仅仅看作是对以往历史的总结、对西汉盛世的颂赞，而是与自己的身世之叹联系在一起，融入了较重的怨刺成分，许多人物传记都寓含着他的寄托，磊落而多感慨。司马迁修史心态的巨大变化，赋予《史记》这部书丰富的内涵，它既是一部通史，又是作者带着心灵肉体创伤的倾诉。司马迁在20岁时有过漫游的经历，到过东南一带许多地方。在会稽探访大禹的遗址，在长沙水滨凭吊屈原，在登封瞻仰许由的坟墓，在楚地参观春申君的宫殿，在刘邦发迹的丰沛之地，司马迁参观萧何、曹参、樊哙、夏侯婴等人故居，听故老讲述楚汉相争时这些开国功臣的轶闻逸事，实地考察了韩信母亲的墓地，他把这些都作为《史记》的素材，于是形成了《史记》的真实性，即“信史”。

韩信庙

韩信（？—前196），泗水郡淮阴县（今江苏淮安）人。西汉开国功臣、军事家，“汉初三杰”“兵家四圣”，古代军事思想“兵权谋家”的代表人物，后人奉为“兵仙”“神帅”。在中国历史上，韩信是一个传奇性人物，他跌宕起伏的一生给后人留下了许多典故，如“一饭千金”“胯下之辱”“十面埋伏”“四面楚歌”“功高震主”“兔死狗烹，鸟尽弓藏”“韩信将兵，多多益善”等。在《史记》的相关记述中，韩信是萧何口中的“国士无双”，刘邦口中“连百万之军，战必胜，攻必取”的“人杰”。

生死一知己；

存亡两妇人。

上联的“一知己”，指萧何。据《史记·淮阴侯列传》载，韩信最开始效力项羽麾下，他好几次向项羽献计，项羽都没有采用，韩信感到十分失望。后来他弃项羽投刘邦，但仍得不到重用，于是愤然离去。萧何深晓韩信是人才，连夜把他追回，在萧何的力荐下，韩信被刘邦拜为大将军，终于得到了施展才华的机会。但是，这“一知己”萧何，又帮助刘邦杀掉了韩信。刘邦当了皇帝，怀疑韩信谋反，于是用萧何的计，把韩信骗至长乐宫，由吕后下令将其处死，“成也萧何，败也萧何”。下联中的“两妇人”，指漂母和吕后。韩信年轻时，因生活困顿而靠漂母供其饭食才得以生存下来，韩信最后在长乐宫被处死是吕后下的令，所以“存亡两妇人”。

西望关中，百战十年空鸟兔；

北临绵上，千秋一例感龙蛇。

题在山西介休韩信庙的此联，清咸丰年间就有，韩信被刘邦拜为上将军后，屡立奇功，为汉朝的创立建立了一系列不世功勋。他收服三秦，东出函谷关后涉西河，掳魏王，引兵下井陉，诛成安君，收服燕，平定齐，南摧楚人之兵20万，东杀龙且，最后联合诸侯合围项羽于垓下，

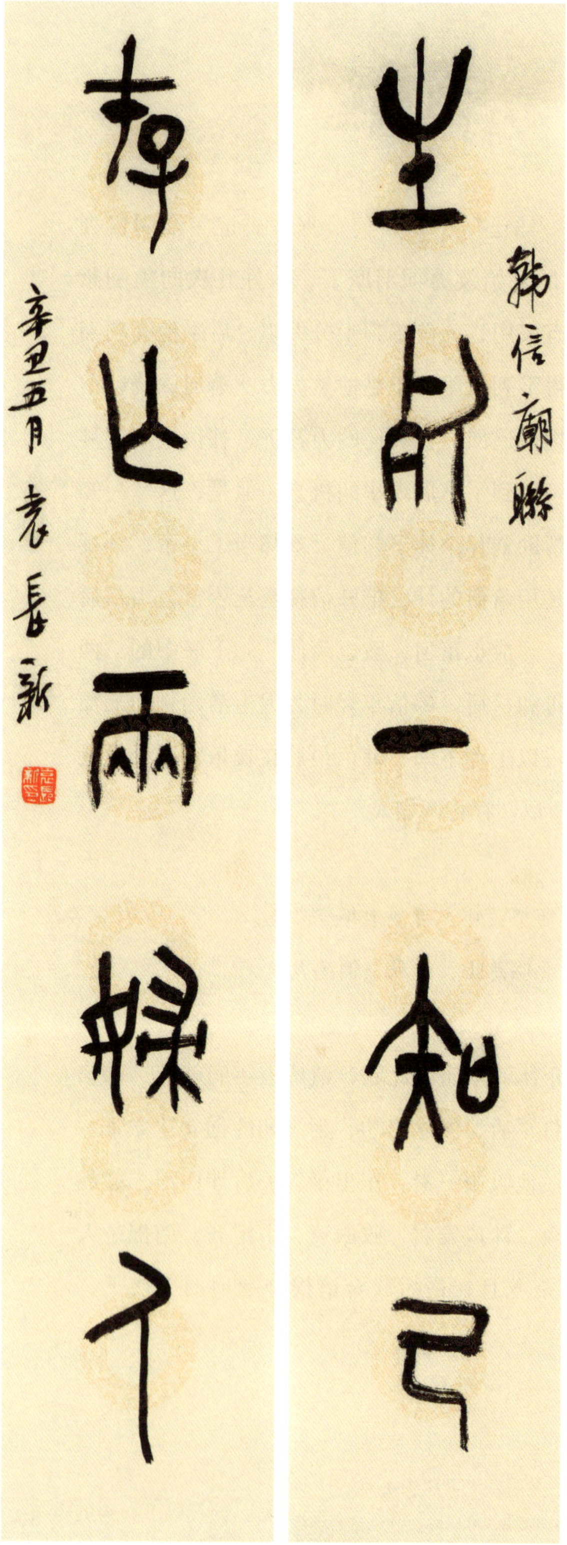

上联　生死一知己；

下联　存亡两妇人。

逼得项羽走投无路，自刎乌江。可以说，汉朝的大半江山是韩信打下来的。“西望关中”指韩信驰骋的疆场，“关中”是历史上兵家必争之地，据说，此地有王者之气，秦据关中而统一六国，汉据关中而统一天下，刘邦占据关中，成就了帝业。上联“空鸟兔”来自韩信被捕后的名言。韩信在长乐宫被绑时说：“果若人言：‘狡兔死，良狗烹；高鸟尽，良弓藏；敌国破，谋臣亡。’天下已定，我固当烹。”极为悲壮。绵上，指绵山。春秋时晋国介子推携母隐居被焚在此山上。相传春秋之时，晋国贵族介子推，跟随晋公子重耳逃亡10余年，曾在重耳饥饿时割下自己大腿上的肉给重耳吃。重耳回国成为君主晋文公后，介子推因鄙视晋文公身边追求功名利禄荣华富贵的人，不食君禄携母亲到绵山隐居。晋文公重耳派人寻找，为逼迫介子推出山，晋文公采取放火烧山的办法，最后没有逼出介子推，却把介子推母子二人烧死了。介子推和韩信，一个助他人成为国君，一个助他人成就帝业，但最后都死在被帮助的人手里，异代同命，作者生发感慨。“龙蛇”，喻杰出的人物。

张骞祠

张骞（约前164—前114），字子文，汉中郡城固（今陕西城固）人，汉代杰出的外交家、旅行家、探险家，丝绸之路的开拓者。西汉建元二年（前139），奉汉武帝之命，由甘父做向导，从大汉帝都长安出发，率领100多人出使西域，打通了汉朝通往西域的南北道路，即赫赫有名的“丝绸之路”，汉武帝以军功封其为博望侯。张骞被誉为“丝绸之路的开拓者”“第一个睁开眼睛看世界的中国人”。

且看龟鉴悬空，照破了红尘多少梦；
休作蜃楼幻境，辜负此白雪太平春。

这副联悬挂在城固县博望侯祠，这副联写得很有诗意，

上联

且看龟鉴悬空，照破了红尘多少梦；

下联

休作蜃楼幻境，辜负此白雪太平春。

内容上并没有直接写张骞的生平功绩，或许只是作者因古人古事生发了人生感慨。龟鉴，一种镜子，比喻可供人对照学习的榜样。

建元二年（前139），张骞率领100多名随行人员，由匈奴人做向导从长安出发，前往西域。西行之路上，首先进入河西走廊，这一地区自月氏人西迁后，已完全为匈奴人所控制，张骞被匈奴扣留10年之久，后逃出匈奴继续西行，经车师折向西南，进入焉耆，再溯塔里木河西行，过库车、疏勒等地，翻越葱岭，直达大宛，今乌兹别克斯坦费尔干纳盆地。从大宛返回时张骞等人再次被匈奴骑兵所俘，又扣留了一年多。元朔三年（前126）初，匈奴因王位之争发生内乱，张骞趁机逃回长安。第一次出使西域历时13年，出发时100多人，回来时仅剩下张骞和向导二人。

元狩四年（前119），匈奴在失去河西走廊后向西北退却，依靠西域诸国的人力、物力，与汉朝对抗。汉武帝再度任命张骞为中郎将，率300多名随员，携带大量金币、丝帛、牛羊等，第二次出使西域。此行的目的，一是招安与匈奴有矛盾的乌孙东归故地，以断匈奴右臂；二是宣扬国威，劝说西域诸国与汉联合，成为汉王朝外臣，孤立匈奴。

司马迁称赞张骞出使西域为“凿空”，意思是“开通大道”。张骞两次出使西域，促进了中西经济文化交流，打开了中国与中亚、西亚、南亚，以至通往欧洲的陆路交通，中国人从此通过这条通道向西域和中亚等国出售丝绸、茶叶、漆器等产品，同时从欧洲、西亚和中亚引进宝石、玻璃器皿等产品。汉朝和西域各国经常互派使者，大者数百，少者百余人，促进了双方贸易的发展，形成了“商胡贩客，日款于塞下”的现象。

华佗庙

华佗（约145—208），字元化，沛国谯县（今安徽亳州）人，东汉末年著名的医学家，与董奉、张仲景并称为“建安三神医”。《后汉书·华佗传》说他“兼通数经，晓养性之术”，尤其“精于方药”。华佗精通内、外、妇、儿、针灸各科，对外科尤为擅长，发明了“麻沸散”来辅助外科手术，被后人称为“外科圣手”“外科鼻祖”。208年，华佗因不服曹操征召下狱，被拷打致死。

未劈曹颅千古恨；

曾医关臂一军惊。

关于华佗的死，其中一个说法来自《三国演义》。书中

上联 未劈曹颅千古恨；

下联 曾医关臂一军惊。

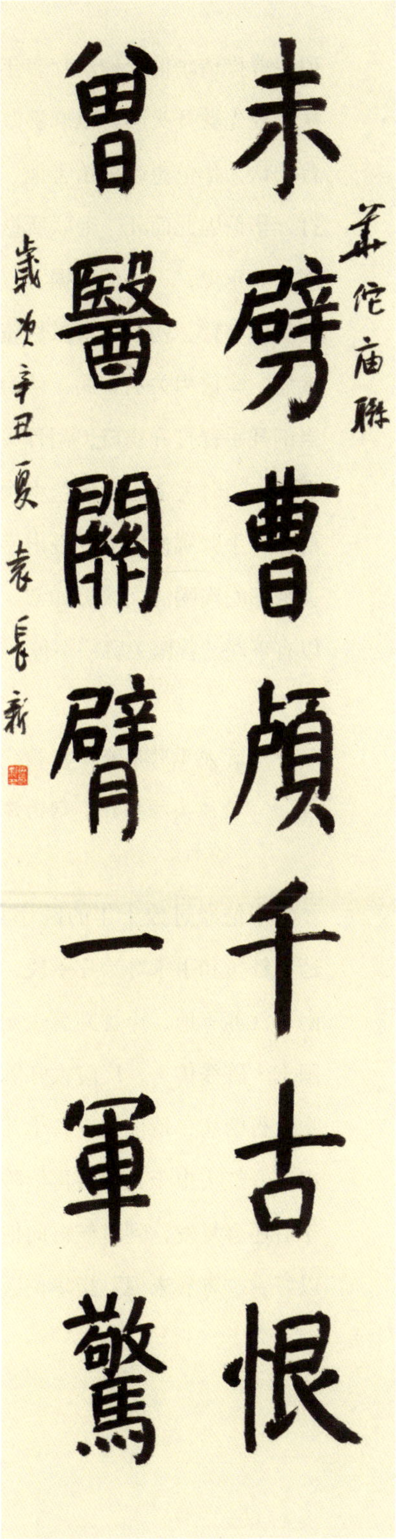

说，曹操请华佗给他治疗多年的头痛，但华佗认为治曹操的病需要先劈开头颅，以麻沸散麻醉，然后动大手术。多疑的曹操认为华佗想趁机杀害他，便以刺杀的罪名将华佗关押拷打，华佗因此而死。上联所据即为《三国演义》这一故事，演义非正史，不足信。据《三国志》，关羽曾被乱箭射中，箭贯穿右臂，伤口后来虽然痊愈，但每到阴雨天，骨头常常疼痛。华佗为关羽看病，认为箭头有毒，毒已深入骨髓，应当剖开手臂打开伤口，刮骨头除去毒素，这样疼痛才能彻底消除。当时关羽正和诸位将领围坐喝酒，他伸出手臂让华佗剖开，手臂鲜血淋漓，漫出盛血的盘子，军中人大惊，但是关羽却吃肉喝酒，谈笑如常。关羽的右臂确实被治好了，所以有下联“曾医关臂一军惊”。

元龙币聘以来，泽被广陵，至此日青囊未烬；

孟德头颅安在，烟销漳水，让先生碧血常新。

华佗经过数十年的医疗实践，熟练地掌握了养生、方药、针灸和手术等治疗手段，行医足迹遍及安徽、山东、河南、江苏等地，声誉颇著。元龙，指陈登，字元龙。据《三国志·陈登传》，广陵太守陈登请华佗治病，华佗说陈登是吃鱼得的病，请他先准备十几个脸盆，利用药引子让陈登吐出三升红头虫子，然后再给陈登开药，并告诉陈登这个病三年后还会复发，到时候再向他要这种药，吃完第二次病就可以好。“青囊未烬”指华佗医学著作的故事。华佗被曹操下

上联

元龙币聘以来，泽被广陵，至此日青囊未烬；

下联

孟德头颅安在，烟销漳水，让先生碧血常新。

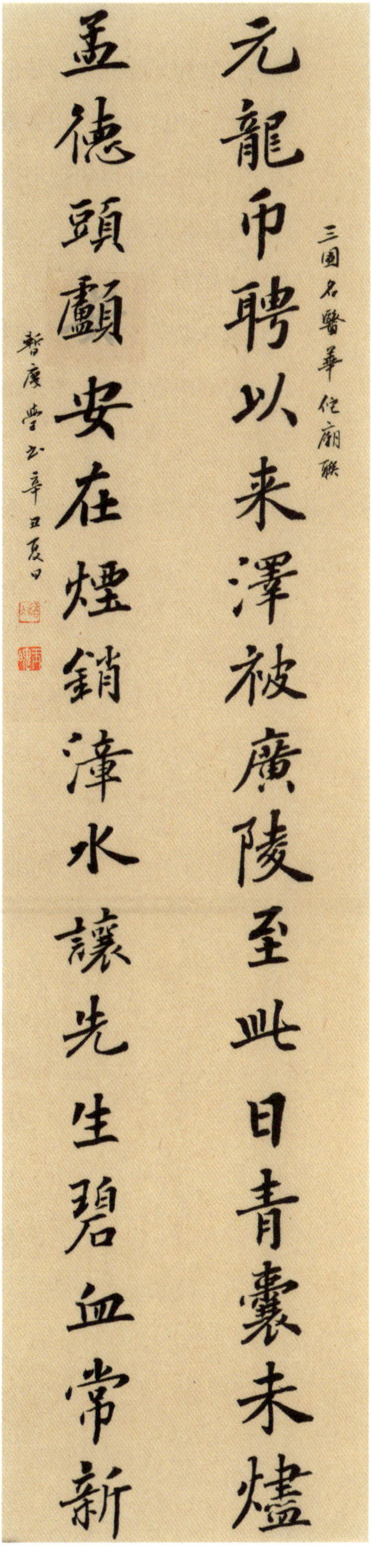

狱拷打致死，临死前，华佗拿出他著的一卷医书《青囊经》给狱吏，说这书可以用来救活人，但狱吏害怕触犯法律不敢接受，华佗只好忍痛把书烧成灰烬。但华佗曾把自己丰富的行医经验传授给了弟子，如以针灸出名的樊阿，著有《吴普本草》的吴普，著有《本草经》的李当之，因此有联语中“青囊未烬”之说。孟德指曹操。漳水，卫河支流，在河北、河南两省边境。曹操临死前曾让人在漳河边上设立疑冢七十二。

蔡伦祠

蔡伦（61—121），字敬仲，东汉桂阳郡人。汉明帝永平末年入宫给事，后因有功于太后而升为中常侍，继之又以位尊九卿之身兼任尚方令。晚年封龙亭侯，故称蔡侯。蔡伦总结人们的造纸经验，革新造纸工艺，改进了造纸术，制成了“蔡侯纸”。元兴元年（105），蔡伦奏报朝廷，汉和帝下令推广他的造纸法。

芳池月映；
故宅风存。

蔡侯祠在湖南耒阳县城东南角，为蔡伦故宅。祠前有一泓大水池，传为蔡伦漂洗纸浆和工具之所，叫“蔡子池”。

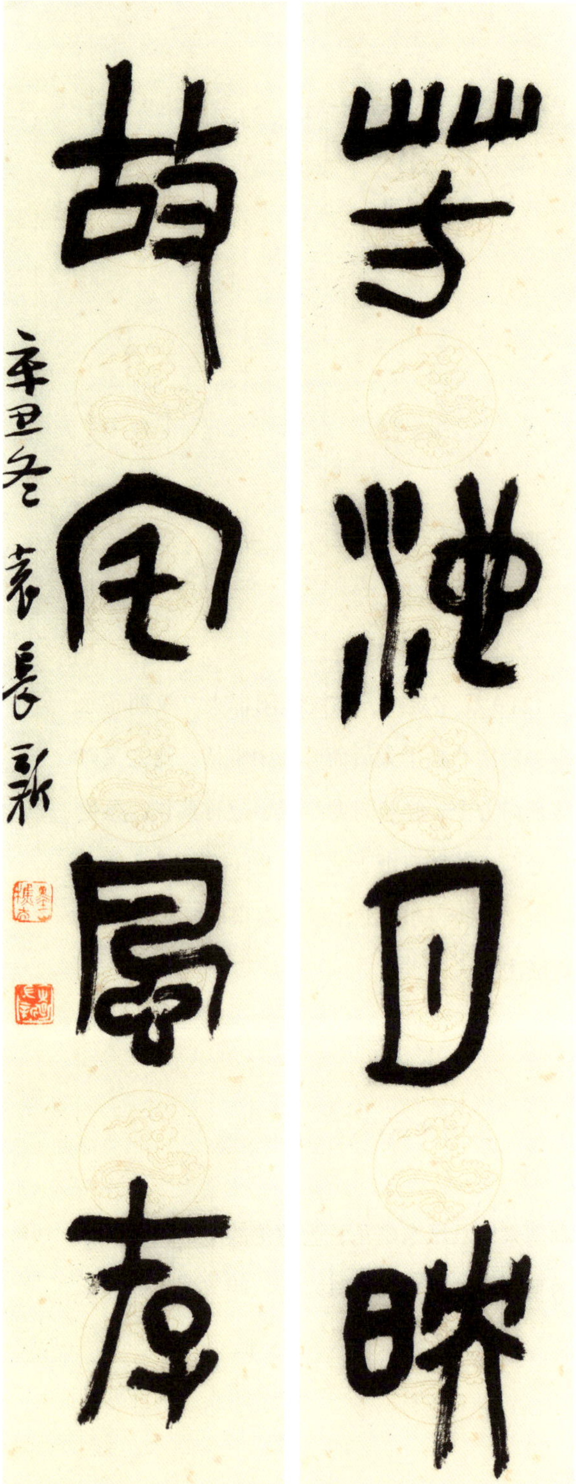

上联 芳池月映；

下联 故宅风存。

池上有石拱桥，每当明月悬空之夜，拱桥两边双月映水，双影沉璧。下联“故宅风存”，是说故宅犹存蔡侯风采。此副联必须知道在哪里悬挂，联系实际情况才能读懂里面的内容，否则会感觉流于宽泛。

蔡伦改进造纸术的想法，萌生于他监督制造宫中所用的各种器物期间。他挑选出树皮、破麻布、旧渔网等，让工匠们切碎剪断，放在一个大水池中浸泡。一段时间后，杂物烂掉了，而纤维因为不易腐烂就保留了下来。他再让工匠们把浸泡过的原料捞起，放入石臼中，捣杵成为浆状物，然后用竹篾把这黏糊糊的浆状物过沥，干燥后从竹篾上揭下来，黏糊糊的东西就变成了纸。蔡伦带着工匠们反复试验，试制出轻薄柔韧、取材容易、来源广泛、价格低廉的纸。

东汉元兴元年（105），蔡伦向汉和帝献纸，蔡伦将造纸的方法写成奏折，连同纸张呈献给皇帝，得到赞赏。皇帝诏令朝廷内外使用，朝廷各官署，全国各地都视作奇迹。9年后，蔡伦被封为“龙亭侯”，食邑三百户。这种新的造纸方法是蔡伦发明的，人们便把这种纸都称为“蔡侯纸”。

蔡伦改进的造纸术沿着丝绸之路经过中亚、西欧向整个世界传播，为世界文明的传承和发展做出了不可磨灭的贡献。蔡伦改进的造纸术被列为中国古代“四大发明”之一，千百年来一直备受人们的尊崇，蔡伦被纸工奉为造纸鼻祖、纸神。

许慎祠

许慎（约58—约147），字叔重，汝南召陵（今河南漯河）人，东汉时期著名的经学家、文字学家。许慎编撰了世界上第一部字典《说文解字》，使汉字的形、音、义趋于规范，被称为“字圣”。

家传十四篇书，合三苍为一；
律讽九千字学，通五经无双。

上联指许慎的文字学成就，下联指许慎的经学成就。

《说文解字》共14卷并叙目共15卷，收9353个字，异体字1163个，共10516字。均按540个部首排列，开了部首检字的先河，《新华字典》部首检字完全传承《说文解字》的体

上联　家传十四篇书，合三苍为一；

下联　律讽九千字学，通五经无双。

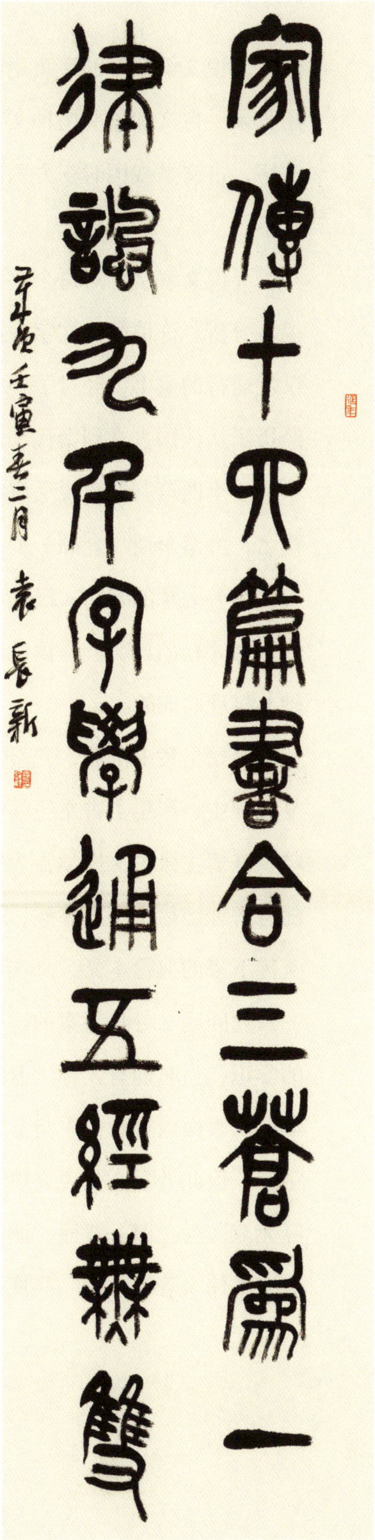

例。《说文解字》的字头用的是小篆，它除了收小篆以外，还收录了古文和籀文两种文字。古文和籀文都是战国时候的文字，古文是战国时东方六国的文字，籀文是战国时秦国的文字。

《说文解字》对每个字的音、形、义等都做了详细的解说、分析。许慎坚持文字发展的观念，他认为文字从起源到汉代通行的隶书，经过了一个很长的发展时期，在此期间，经历了从战国古文到秦代小篆，再到汉代隶书的形体演化。联语“十四篇”即《说文解字》的卷数。三苍，同三仓，书籍名，为秦李斯《仓颉》七章、赵高《爰历》六章、胡毋敬《博学》七章的合篇。汉代合此三书为一，断60字为一章，统称为《仓颉篇》。许慎《说文解字》是在此三本字书的基础上整理而成的。

秦始皇焚书坑儒，先秦儒家典籍遭受重创，在之后的恢复过程中，产生了古文经学和今文经学，两种派别有较大分歧。许慎主张古文经学，为反驳今文经学的攻讦，纠正时人随意解释经籍文字的弊病，他利用文字训诂的方法探求古代流传下来的典籍本义，真实可靠，信而有征。许慎在回答这一系列问题、寻找答案的过程中通览古今著述，积累了渊博的学识，当时即有人称“五经无双许叔重”。“律讽九千字学”从表面内容看似乎与上联内容重合，仍然在讲《说文解字》，但此处重心是说许慎通过著《说文解字》而成了“五经无双”者。讽，背诵、诵读、诵念。许慎耗时约30年才完成这本伟大著作，对一些规矩规则体例熟稔于心。律，既指文字构造运用法则，更是用训诂的方法探求古代流传下来的典籍本义的方法。

东汉中期以前，今文经学由于受到统治者的重视一直占据着主导地位，五经皆列于官学，但是随着经学的不断发展，今文经学中的弊病也逐渐暴露出来。今文经学家从信仰主义出发，认为所有的经书都是圣人之言，经书中的一字一句都寓有圣人的微言大义。他们解释经文不仅有严重的迷信思想，更严重的是章句支离蔓衍，废话连篇。许慎依据语言文字本身的运用规则探求上古时代流传下来的典籍奥义，捍卫了古文经学，为古文经学最终压倒今文经学奠定了坚实的基础，为后世治经学者提供了一部权威的治经工具书的同时，也成为后世解经之作的永久楷模。

关帝庙

关帝庙祀关羽。明清时期，关帝的崇祀日益普遍深入，关帝庙的数量和范围甚多，关帝庙的规格更是比照帝王的标准。

关羽（？—220），字云长，本字长生，河东郡解县（今山西运城解州镇）人。汉末三国时期名将。小说《三国演义》讲述了刘备、关羽、张飞桃园三结义的故事，他们为了共同干一番伟大的事业，意气相投，在一个桃花盛开的季节，选一个桃花绚烂的园林，举酒结义，对天盟誓，有苦同受，有难同当，有福同享，共同实现人生的美好理想。

历史上的关羽早年犯事，流落到涿郡，和刘备、张飞情同兄弟。参与镇压黄巾起义，跟随刘备颠沛流离。雄壮威猛，号称“万人敌”。徐州战败后，暂时投靠曹操，亲自斩

山西运城解州关帝庙为世界武庙之祖

杀颜良，受封汉寿亭侯。关羽后来离开曹操，回到刘备身边。赤壁之战后，参与攻取荆州。刘备入川，关羽奉命镇守荆州，但后来被孙权的部下吕蒙、陆逊和曹操的部将徐晃夹击，进退失据，败走麦城，被杀。后主刘禅即位，追谥关羽壮缪侯。关羽去世后，民间尊为“关公”，历代朝廷都以关羽为忠义的化身，多有褒封，关羽成为忠君爱国教育的典型。清朝雍正时期，关羽被尊为“武圣”，与“文圣”孔子地位等同，因此全国各地关帝庙非常多。

赤兔马千秋雄壮；

青龙刀万古不磨。

在小说《三国演义》中，关羽骑赤兔马，挥青龙偃月刀，威风凛凛。赤兔马原为吕布所有，《三国志·吕布传》中记载，“布有良马曰赤兔”，时人有一种说法，“人中有

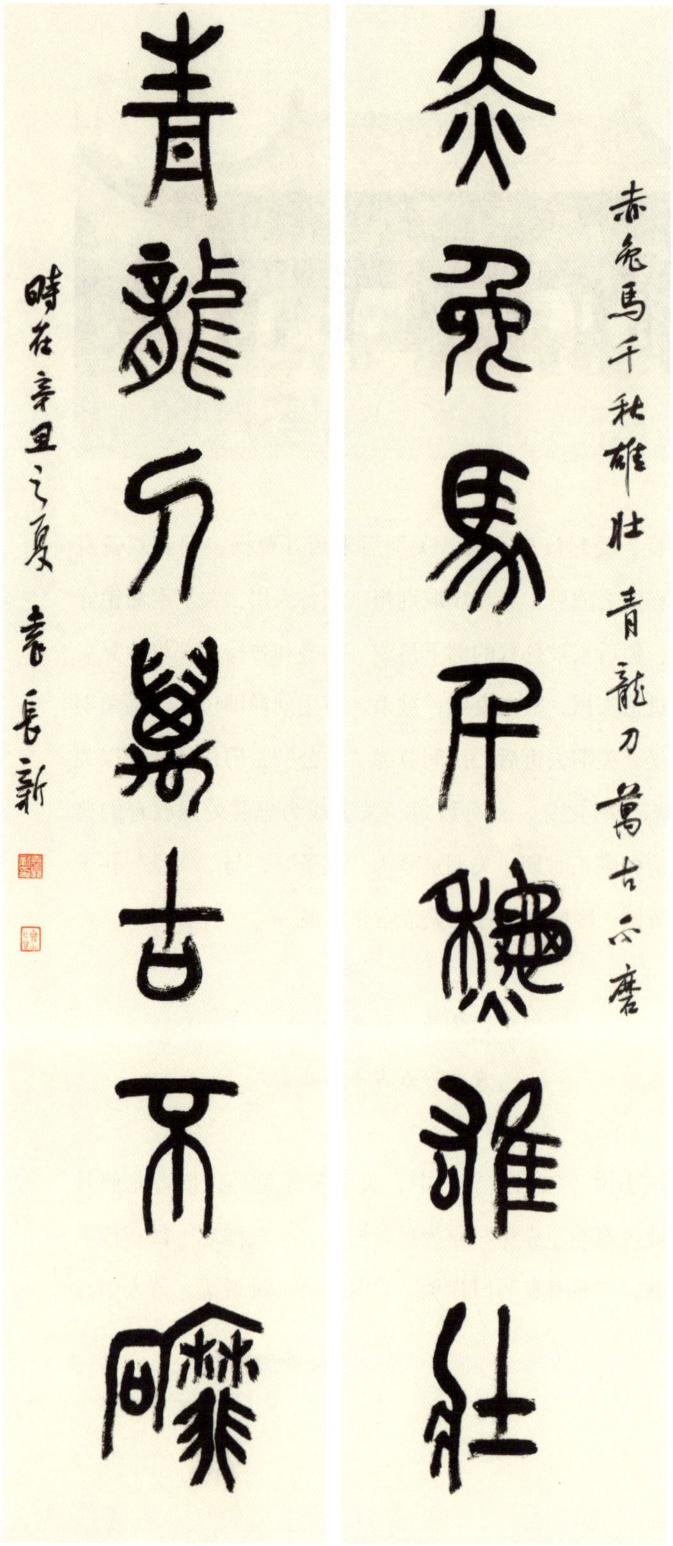

上联 赤兔马千秋雄壮；

下联 青龙刀万古不磨。

吕布，马中有赤兔”。吕布在白门楼被曹操俘获斩杀后，赤兔马就归了曹操，曹操为收买关羽将赤兔马赠予关羽，博得关羽“向曹操施以大礼”。联语中的“赤兔马”“青龙刀”也喻指关羽的千秋雄壮与声名的万古不磨。

在众多的三国人物中，关羽是对中国社会影响最为深远的人物形象之一，在历史、民间、文学中有不同的侧重点。关羽骑着赤兔马，挥着青龙刀，征战四方，立下赫赫战功，威震华夏。

威名满华夏，真义士，真忠臣，若论千载神交，合与睢阳同俎豆；

戎服读春秋，亦英雄，亦儒雅，试认九霄正气，常随奎壁焕光芒。

俞樾撰。关羽的“忠”“义”是千百年来民间崇拜关羽的基石，关羽对刘备的忠，不管是在逆境还是在顺境，都不离不弃，不管曹操给出的条件多么优厚，待遇多么好，他的心始终是坚定地归于蜀汉王朝。“睢阳”指张巡，“安史之乱”时，张巡起兵守卫雍丘，抵抗叛军，最终因粮草耗尽士卒死伤殆尽而被俘遇害，后获赠邓国公，从祀历代帝王庙。“戎服读春秋”指关羽在许昌秉烛达旦，夜读《春秋》之事。“俎豆”，祭祀，奉祀。“奎壁”，二十八宿中奎宿与壁宿的并称，旧谓二宿主文运，故常用以比喻文苑。下联“文”的内涵基本不是真实的关羽，但民间崇拜中赋予了关羽这一品质。

解州关帝庙关羽雕塑

解州关帝庙铁狮铁人雕塑

乃圣乃神乃武乃文，扶四百载承尧之运；

自西自东自南自北，如七十子服孔之心。

赵翼撰。关羽身上有着中国社会所强调的忠、义、仁、信等精神，这种精神得到统治阶级的推许。关羽所秉持的忠君爱国、大义凛然的情怀品质，既符合封建统治者教化百姓、维护统治的政治需求，又能够积极地与文人墨客追求的“修身、齐家、治国、平天下”的儒家价值取向相吻合，于是关羽的形象在中国传统文化中不断升级。被赐封为“忠义两全”“信义春秋”，称帝封圣，与孔夫子并列成为“武夫子”，从人变为神，又上升到帝，即联语中的“乃圣乃神乃武”。“四百载”，指汉室约400年，“七十子”指孔门的72贤，即上联的“乃文”。

上联

乃圣乃神乃武乃文，扶四百载承尧之运；

下联

自西自东自南自北，如七十子服孔之心。

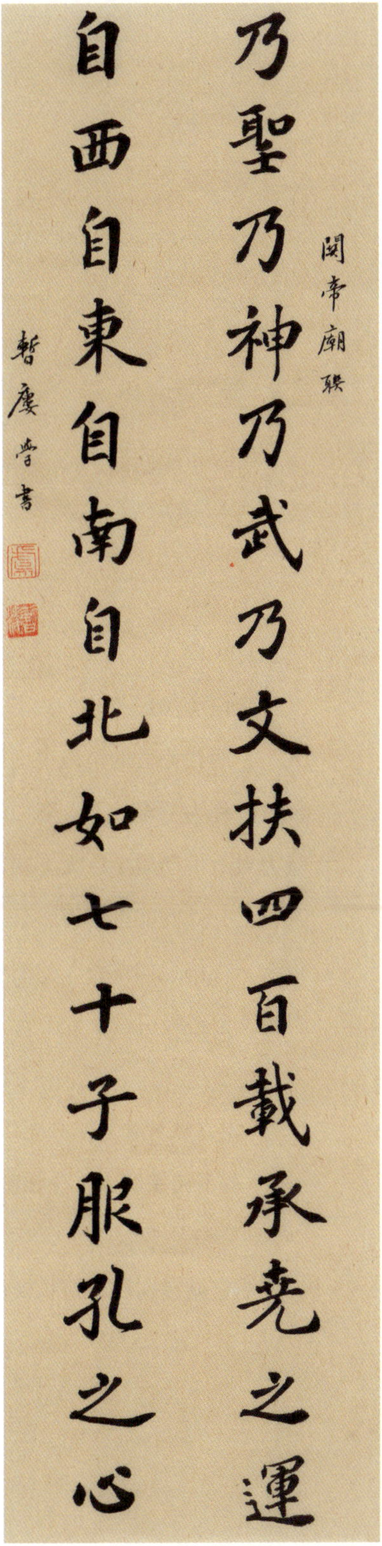
關帝廟聯
乃聖乃神乃武乃文扶四百載承堯之運
自西自東自南自北如七十子服孔之心

李白祠

李白（701—762），字太白，号青莲居士，又号“谪仙人”，唐代伟大的浪漫主义诗人，被后人誉为“诗仙”，与杜甫并称为“李杜”。李白诗歌中所表现的人格力量和个性魅力对后世产生了巨大影响，他那“天生我材必有用”的非凡自信，“安能摧眉折腰事权贵”的独立人格，“戏万乘若僚友，视俦列如草芥”的凛然风骨，与自然合而为一的潇洒自由，曾经吸引过无数士人。

谢宣城何许人？只凭江上五言诗，要先生低首；
韩荆州差解事，肯让阶前盈尺地，容国士扬眉。

谢宣城指谢朓，擅长模山范水，以五言山水诗见长，李

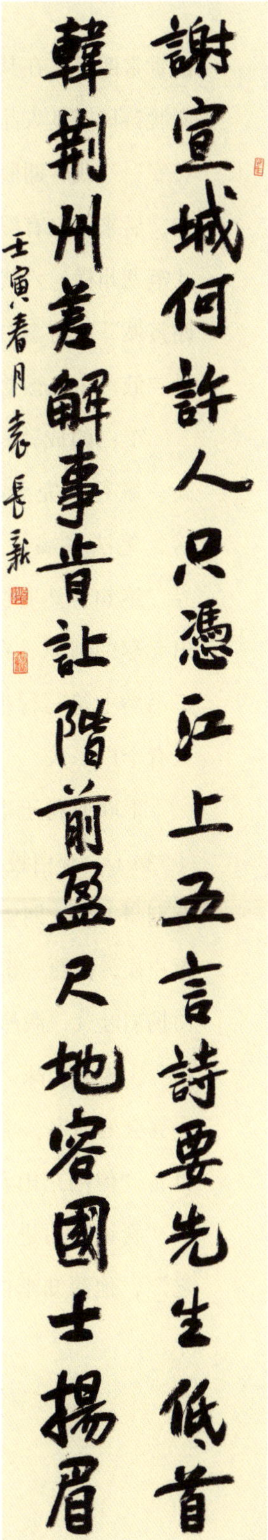
謝宣城何許人只憑江上五言詩要先生低首
韓荊州差解事肯讓階前盈尺地容國士揚眉
壬寅春月

上联 谢宣城何许人？只凭江上五言诗，要先生低首；

下联 韩荆州差解事，肯让阶前盈尺地，容国士扬眉。

白赞赏谢朓，在其吟咏谢朓的十几首作品中，绝大多数是对谢朓诗风及其人品的赞赏或怀念，如“三山怀谢朓，水澹望长安”“我吟谢朓诗上语，朔风飒飒吹飞雨。谢朓已没青山空，后来继之有殷公”。清代王士祯《论诗绝句》：“青莲才笔九州横，六代淫哇总废声。白纻青山魂魄在，一生低首谢宣城”，将李白对谢朓的服膺再次强化，让人有李白向谢朓“低首”之感觉。

李白的成就是多方面的，他乐府、歌行及绝句成就最高。歌行，完全打破诗歌创作的一切固有格式，空无依傍，笔法多端，达到了随性而变幻莫测、摇曳多姿的境界。绝句自然明快，潇洒飘逸，能以简洁明快的语言表达出无尽的情思，在盛唐诗人中，王维、孟浩然长于五绝，王昌龄七绝写得很好，兼长五绝与七绝而且同臻极境的，只有李白一人。

下联取材于李白的《与韩荆州书》。唐开元二十二年（734），李白投书荆州长史韩朝宗，写下脍炙人口的《与韩荆州书》，期望得到韩朝宗的举荐，此文中有“生不用封万户侯，但愿一识韩荆州”“君侯何惜阶前盈尺之地，不使白扬眉吐气，激昂青云耶”。事与愿违，韩朝宗以“长揖见拒”，未予理睬，真的“惜阶前盈尺之地”。“差解事”，还算会处理事。李白是一位文学天才，但他过于理想化，不具备“但用东山谢安石，为君谈笑静胡沙”的能力。韩朝宗“喜识拔后进，尝荐崔宗之、严武于朝，当时士咸归重之”，他深知李白并没有指点沙场的能力，故没有举荐李白。上联前半句用疑问句，下联前半句用否定句，增强了联语的张力。

狂到世人皆欲杀；

醉来天子不能呼。

李白留给世人一篇篇浪漫雄奇奔腾的作品，也给世人留下了“狂”的深刻印象，以及“醉”于生活的形象。李白纵酒狂歌、啸傲不羁，杜甫《不见》诗，“不见李生久，佯狂真可哀，世人皆欲杀，我意独怜才”，这是“狂”。杜甫《饮中八仙歌》，“李白斗酒诗百篇，长安市上酒家眠，天子呼来不上船，自称臣是酒中仙”，这是“醉”。一“狂”一“醉”，高度浓缩了世人眼中李白的形象。其实，李白的“狂”，是“佯狂”，李白有强烈的建功立业的愿望，火热的爱国激情，但远大抱负无法施展，因此不得不以狂放不羁的方式来抒发内心的悲愤。

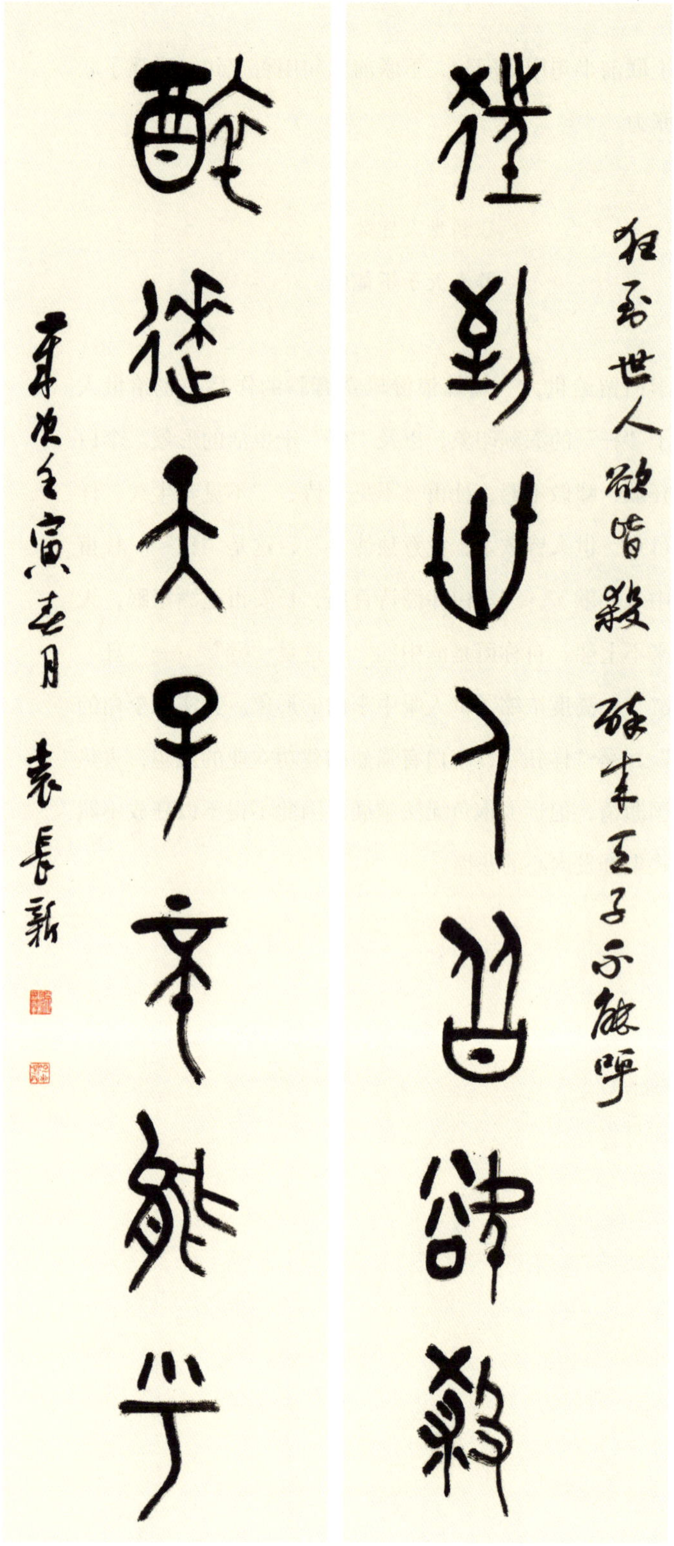

上联

狂到世人皆欲杀；

下联

醉来天子不能呼。

张巡庙

张巡（708—757），字巡，蒲州河东（今山西永济）人。“安史之乱”时，张巡守雍丘、卫宁陵、战睢阳，抵抗叛军。唐至德二载（757），叛军南侵江淮屏障睢阳，张巡与许远在内无粮草、外无援兵的情况下死守睢阳，前后交战400余次，使叛军损失惨重，有效地阻遏了叛军南犯之势，遮蔽江淮，保障了唐朝东南地区的安全，但最终因粮草耗空、士卒死伤殆尽而被俘遇害。张巡被追赠扬州大都督、邓国公。唐大中二年（848），朝廷绘张巡像于凌烟阁。清代，从祀历代帝王庙。

男儿死耳复奚言，若论唐室功臣，四百战勋劳岂输郭李；
父老谈之犹动色，敢吁扬州都督，亿万年魂魄永镇江淮。

又

无饷又无援，临淮张乐，彭城拥兵，叹偏隅坐困将才，自古英雄干众忌；

能文始能武，操笔成章，诵书应口，幸试院近依公庙，至今灵爽牖诸生。

黄体芳撰。

三

立心忠义感南雷，嚼齿穿龈，历四百战誓吞安史；
浴血功名高李郭，罗雀掘鼠，率三千人力障江淮。

无锡张庙，齐彦槐撰。

张巡在“安史之乱”中坚守雍丘，转战宁陵，力保睢阳，最后城陷死国，他的大义、果敢、勇猛载于史册，以上三副联皆肯定张巡的功勋，“力障江淮”，然所用之事却在于突出睢阳之战的艰苦，“无饷又无援”“嚼齿穿龈”“罗雀掘鼠”。艰苦的情况，需要的是非一般的坚忍与忠君爱国的品质。

唐天宝十五载（756），安禄山在洛阳称大燕皇帝，然后确定东、西两大进攻目标。西进目标是唐朝国都长安，东进目标是中原睢阳（今河南商丘）。为实现这两大目标，安禄山一方面遣其子攻潼关，另一方面派叛将尹子奇率重兵攻

上联

男儿死耳复奚言，若论唐室功臣，四百战勋劳岂输郭李；

下联

父老谈之犹动色，敢吁扬州都督，亿万年魂魄永镇江淮。

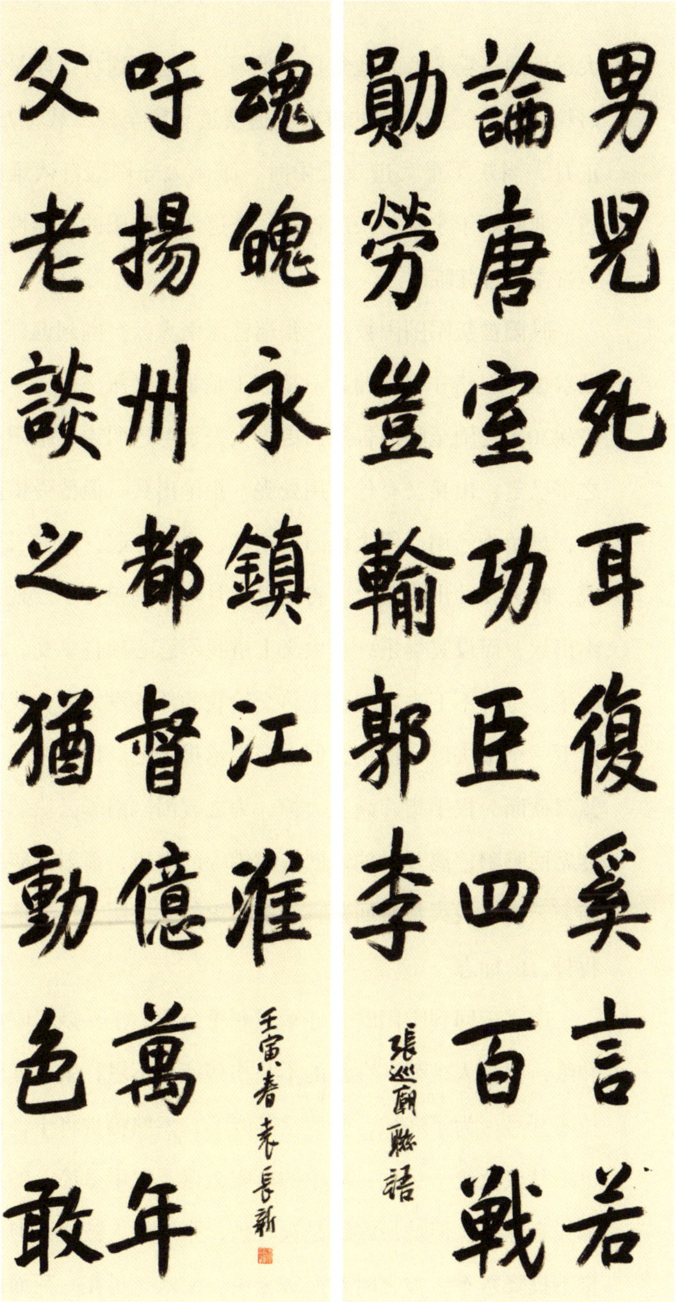
男兒死耳復奚言若
論唐室功臣四百戰
勳勞豈輸郭李
張巡廟聯語
魂魄永鎮江淮
吁揚州都督億萬年
父老談之猶動色敢
壬寅春

大运河通济渠要塞之地雍丘、睢阳。大运河通济渠段是江淮财物、粮食运进两京的重要交通要道。唐至德二载（757）正月，当叛军重兵进攻睢阳时，睢阳太守许远自认难以抵挡，向驻军于宁陵的张巡告急，张巡深知睢阳的重要性，于是带主力进驻睢阳。

睢阳被叛军围困数月，张巡曾派南霁云突围到谯郡、彭城求援，但诸守将皆拥兵不救。于是张巡又派南霁云率精锐骑兵30人突围至临淮告急，御史大夫贺兰进明说，睢阳存亡之事已定，出兵又有什么用处呢？拒绝出兵。但他爱惜南霁云，想留为己用，便大设酒宴招待，音乐声起，南霁云哭着说，昨天我冲出睢阳时，将士已整月吃不到粮食了。现在您不出兵，而设宴奏乐，从大义上讲我不忍心独自享受，即使吃了，也咽不下去。现在主将交给我的任务没完成，我请求留下一个指头以示信用，回去向中丞报告吧。话毕南霁云拔佩刀砍断一根手指，满座大惊，为之流泪。南霁云决然离开宴席回睢阳，离开时抽箭回头射佛寺的宝塔，箭射进砖中，南霁云说，我灭叛贼回来，一定要灭贺兰进明，这支箭就是我誓言的标志。

南霁云回到睢阳时，守军只剩千余人，士兵饿了吃树皮和纸，很多人饿死，存活的不是伤残疲惫不堪，就是瘦弱得拉不开弓。为了守城，张巡杀其爱妾，煮熟犒赏将士，许远也杀其奴童给士兵吃，城中的麻雀老鼠及铠甲弓箭上的皮子都找来吃了。但城最终还是被攻破，张巡等人被俘。但张巡誓不投降叛军，被害时对南霁云说，南八，男儿一死而已，不能向不义的人投降。

第一副联“男儿死耳复奚言”即指张巡被害时说的话，“四百战勋劳岂输郭李”中的“郭李”指郭子仪、李光弼，郭子仪在“安史之乱”时任朔方节度使，在河北打败史思明，后又收复两京，平定“安史之乱”。李光弼在“安史之乱”时经郭子仪推荐任河东节度副使，后任天下兵马副元帅、朔方节度使，“战功推为中兴第一”，像绘于凌烟阁。第一副联的下联“父老谈之犹动色”，指睢阳城里悲壮动人的故事。第二副上联“无饷又无援”，指睢阳被困，张巡派南霁云突围到谯郡、彭城、临淮求援，但诸守将皆拥兵不救之事。下联“能文始能武”指张巡不仅能武，亦能文，其所著有《闻笛》《守睢阳作》《谢金吾将军表》等。第三副联则写睢阳当时的艰危，以及睢阳保卫战的战略意义：“力障江淮”。

杜甫草堂

杜甫（712—770），字子美，京兆杜陵（今陕西西安）人，生于河南巩县（今河南巩义市），是晋朝名将杜预之后，祖父杜审言，初唐著名诗人。奉儒守素的家庭文化传统对杜甫忠君恋阙、仁民爱物的思想有巨大影响。

诗史数千年，秋天一鹄先生骨；

草堂三五里，春水群鸥野老心。

杜甫生活在唐朝由盛转衰的历史时期，其诗多涉笔社会动荡、政治黑暗、人民疾苦，记录了唐代由盛转衰的历史巨变，表达了崇高的仁爱精神和强烈的忧患意识，千百年来被誉为“诗史”。故联语有“诗史数千年”。鹄，通称天鹅。

上联 诗史数千年，秋天一鹄先生骨；

下联 草堂三五里，春水群鸥野老心。

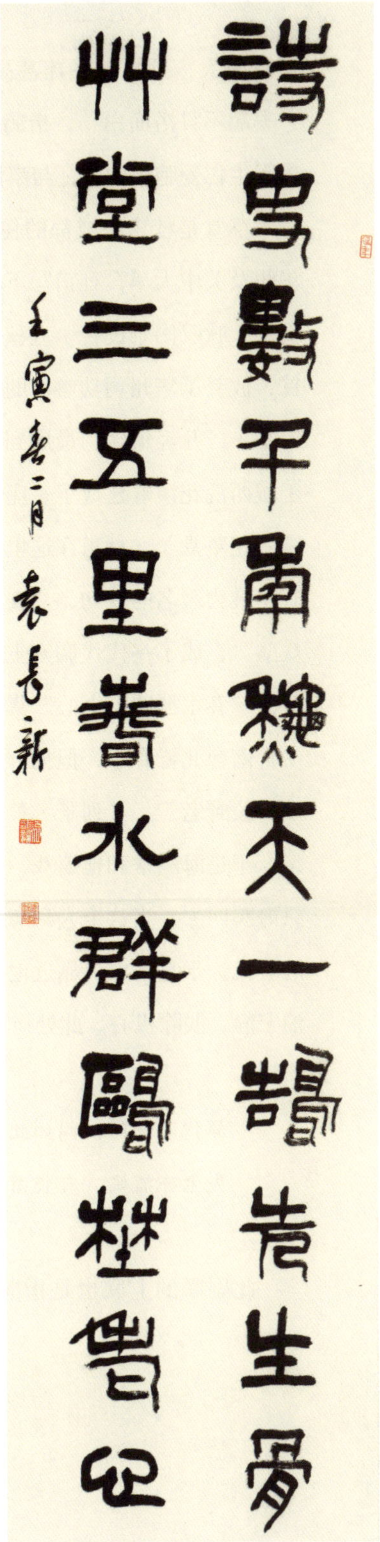

似雁而大，颈长，飞翔甚高，羽毛洁白。《庄子·天运》“夫鹄不日浴而白”，指鹄天生有贞洁之品质，此处比喻杜甫天生仁爱胞民的胸怀与禀性。

草堂是杜甫在成都的住处。唐乾元二年（759）夏天，华州及关中大旱，杜甫写下《夏日叹》和《夏夜叹》，忧时伤乱，咏叹国难民苦。立秋后，杜甫因对污浊的时政痛心疾首，放弃了华州司功参军的职务，西去秦州（今甘肃省天水一带），几经辗转，最后到了成都，在严武等人的帮助下，于城西浣花溪畔建成了一座草堂，世称“杜甫草堂”，也称“浣花草堂”。杜甫在这里写下了《茅屋为秋风所破歌》，其中最为著名的诗句，“安得广厦千万间，大庇天下寒士俱欢颜”，成了一代代儒家士子追求仁爱精神、博大胸襟的典范。“春水群鸥野老心”集自杜甫的诗句。杜甫《客至》，“舍南舍北皆春水，但见群鸥日日来”，杜甫很多诗中自称“少陵野老”。《列子·黄帝》中说，有人单纯地与海鸥相亲，于是海鸥常和他嬉戏，但有一天这个人的父亲让他捉一只海鸥回去，当这个人到海边时，海鸥似乎能感觉到这个人的心机，于是不敢再靠近他。后人常借用此典，表达人应淡泊宁静、泯除机心。此处指杜甫的真淳质朴之性情。

异代不同时，问如此江山，龙蜷虎卧几诗客；
先生亦流寓，有长留天地，月白风清一草堂。

此副联的上联也是指向杜甫的诗歌成就。杜诗兼备众

上联

异代不同时，问如此江山，龙蜷虎卧几诗客；

下联

先生亦流寓，有长留天地，月白风清一草堂。

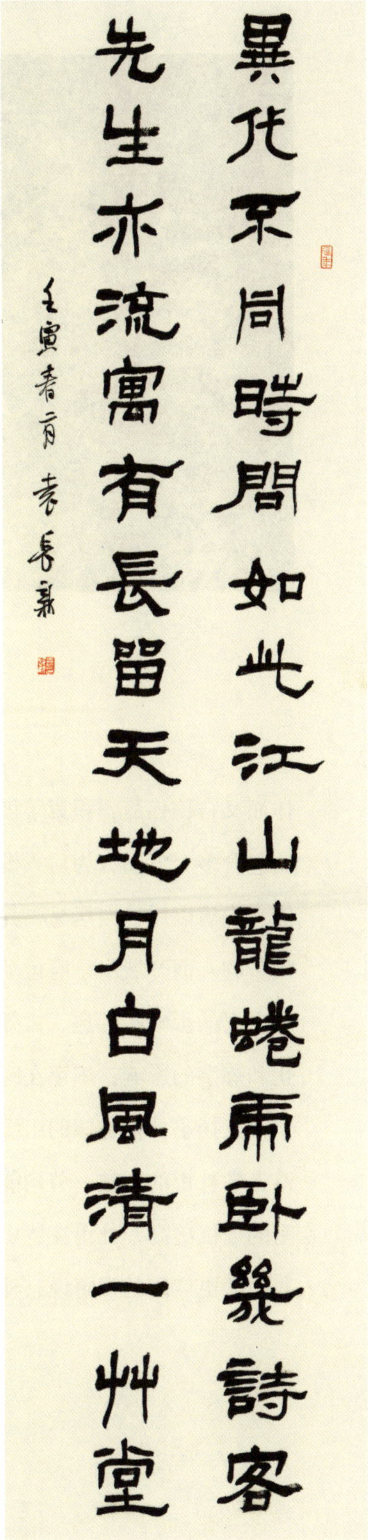
異代不同時問如此江山龍蜷虎卧幾詩客
先生亦流寓有長留天地月白風清一艸堂

大雅堂杜甫雕像 邱学东/摄

体而又自铸伟辞，积累了极其丰富的艺术经验，这种艺术经验包含多个方面，为后人发扬其一面而成一家提供了各种可能。中唐以后，白居易、元稹继承了杜甫缘事而发、写生民疾苦的一面开展新乐府运动，元、白还受到杜甫五言排律夹叙夹议的影响；韩愈、孟郊、李贺则受到杜甫的奇崛、散文化和炼字的影响，炼字在晚唐更是发展成苦吟一派；李商隐学习发扬了杜甫七律的组织严密、跳跃性极大的技法。后世诗人学杜甫的一枝一节均能开拓出新的诗派。宋代以后，杜甫的地位更高，杜甫在诗史上的影响，历千年而不衰。如果我们从更广阔的视野说，杜甫的集大成，首先是他身上集中

「草堂影壁」，上面的「草堂」二字是用青花碎瓷镶嵌而成
邱学东/摄

了中国文化传统里的一些最重要的品质，即仁民爱物、忧国忧民的情怀。在他的诗里，我们可以感受到与屈原相似的深沉忧思，可以感受到司马迁的实录精神，面对史实而不回护，正视历史。

杜甫一生创作了大量诗歌，今存1400余首，而漂泊西南11年间所创作的诗篇占杜甫作品总数的70%以上，这些诗歌表达了诗人关心下层民众生活，为人民呼号奔走的拳拳爱民之意，同时又向上层统治者勇敢进谏，希求整顿乱世、拯民兴国的耿耿衷怀，即如联语所说，“月白风清”的品质“长留天地”之间。

岳庙

岳庙，纪念岳飞。岳飞（1103—1142），字鹏举，相州汤阴（今河南汤阴）人。南宋时期抗金名将、军事家、战略家、民族英雄、书法家、诗人，位列南宋“中兴四将”之首。

天留宋朝土；
人说岳家军。

伊秉绶撰。岳飞生活的北宋，社会衰败，外族入侵中原，广大人民处在水深火热之中，民族处在危急存亡之刻。岳飞背负岳母刺刻的“精忠报国”四个大字，高举“还我河山”的战旗，以收复失地为己任，带领一支纪律严明的岳家军，奔向抗金救国的最前线，从敌人手中收复了大片领土，取得

上联 天留宋朝土；

下联 人说岳家军。

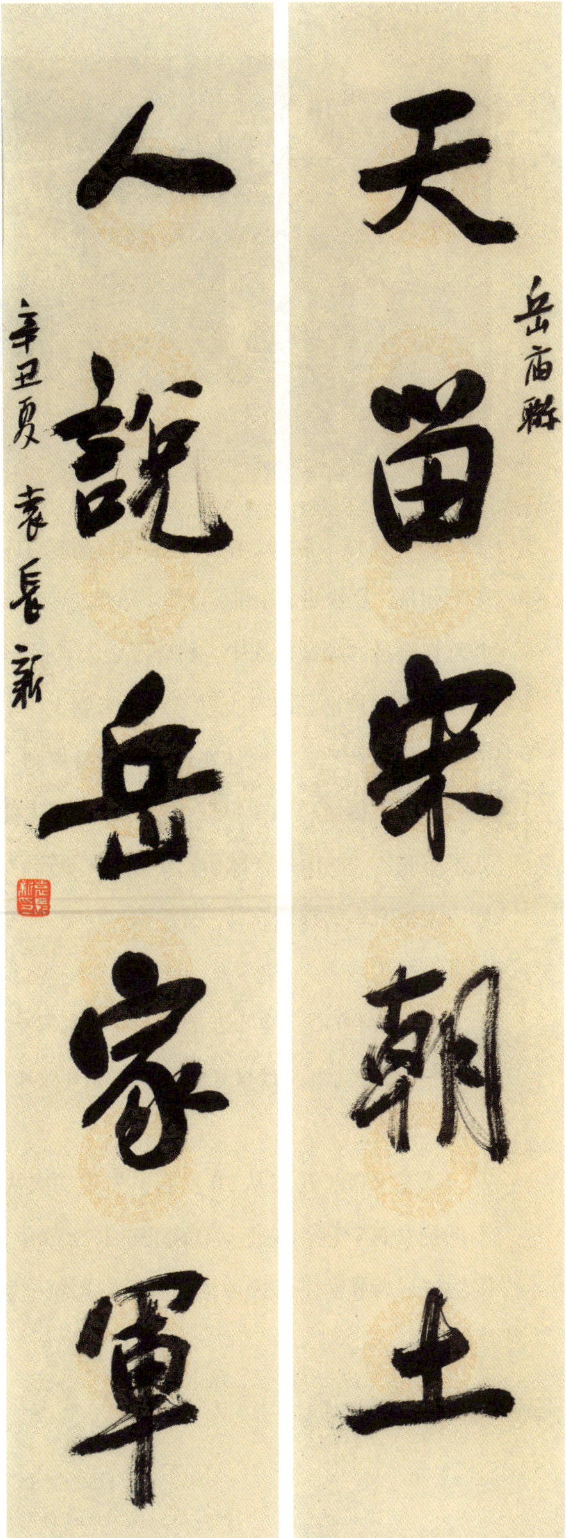

江苏省泰州岳武穆祠，大门内两侧对联为伊秉绶撰写

了广德、宜兴、常州、南京、泰州、高邮、靖江、江州、襄阳等州郡，及蔡州、陈州、许州、郑州、嵩州、孟州、怀州等，并且在顺昌、郾城大战中，粉碎了金人“拐子马”“铁浮图”不可战胜的神话。故有上联“天留宋朝土”。岳飞治军赏罚分明，纪律严整，又能体恤部属，以身作则，“岳家军”号称“冻死不拆屋，饿死不掳掠”。朱仙镇大捷威震敌胆，金兀术感叹：“撼山易，撼岳家军难。”下联“人说岳家军”，即传说岳家军的神话。

救国有心，嗟壮志未酬，捷报频传身竟死；
回天无力，恨权奸构陷，长城自毁罪难逃。

臧克家撰。岳飞从 20 岁起，先后三次从军入伍，投身于抵抗女真贵族，遏止女真南犯的护土战争中。岳飞 32 岁因功被封为节度使，39 岁遇害身亡。短短一生，岳飞却转战

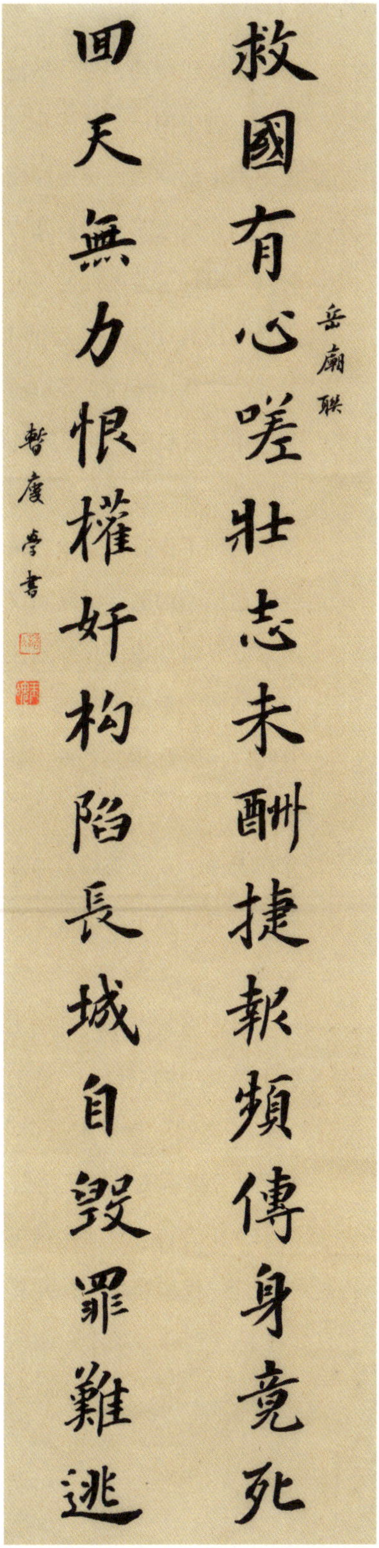
救國有心嗟壯志未酬捷報頻傳身竟死
岳廟聯
回天無力恨權奸構陷長城自毀罪難逃
哲賡學書

上联 救国有心，嗟壮志未酬，捷报频传身竟死；

下联 回天无力，恨权奸构陷，长城自毁罪难逃。

南北，屡建奇功，先后平流寇、安百姓，瓦解洞庭湖之难，三次挺进中原，永远战斗在抗金斗争的最前线，他的努力，使东南半壁的人民免遭蹂躏和涂炭。但是在岳飞抗金取得节节胜利，岳家军所向披靡，正欲渡过黄河直捣黄龙府的关键时刻，出现了悲剧性的一幕。由于奸臣卖国，朝廷陷入君位争夺的内耗中，一日连下 12 道金牌，强令岳飞班师。岳飞不得已收兵，然而，等待岳飞的却是死罪，南宋朝廷于绍兴十一年（1141），以“莫须有”的罪名，将岳飞杀害。所以，如联语所说，岳飞是“捷报频传”却“竟死”，联语的这种反差表现了作者的悲愤之情。绍兴十一年（1141），南宋与金国达成书面的《绍兴和议》，两国以淮水至大散关为界，南宋放弃黄淮地区，并割让之前被岳飞收复的唐州、邓州，以及商州、秦州的一部分，每年向金进贡银 25 万两、绢 25 万匹。岳飞是壮志未酬，南宋朝廷杀害岳飞则是自毁长城。

涪王兄弟，蕲王夫妇，鄂王父子，聚河岳精灵，仅留半壁；
两字君恩，四字母训，五字兵法，洒英雄涕泪，莫复中原。

南宋追封高宗时期的七位抗金将领为七王，涪王、蕲王、鄂王是其中的三位。“涪王兄弟”指涪王吴玠、信王吴璘，“蕲王夫妇”指南宋抗金名将韩世忠和夫人梁红玉，“鄂王父子”指岳飞及其子岳云，父子二人同被召回，同被杀害。南宋江山有许多“河岳精灵”抛头颅洒热血，因奸臣当道，却只能“仅留半壁”，究其原因，岳飞父子在“直捣黄龙”

杭州岳王庙岳飞塑像

之际被杀害是痛失半壁山河的关键因素。下联“两字君恩”，指宋高宗赐给岳飞大旗上的“精忠”。“四字母训”，指岳母在岳飞背部刺的“精忠报国”四字。“五字兵法”，指岳飞答张俊用兵之术，即仁、智、信、用、严五字。联语内容涵盖量大，惋惜遗憾的情感变化也很有感染力。

岳飞的“莫须有”死罪的起因在大奸臣秦桧。西湖岳庙墓阙后两侧有秦桧夫妇被反剪着双手的跪像，并配有一副联：

咳！仆本丧心，有贤妻何至若是？

啐！妇虽长舌，非老贼不到今朝！

这副联的上下联分别挂在秦桧夫妇的铁像上，绘声地用秦桧与其妻王氏追悔、相互埋怨的口吻，联语诙谐风趣，又痛快淋漓地表达了人们对英雄的怀念、对佞臣的痛恨。

陆游祠

陆游（1125—1210），字务观，号放翁，越州山阴（今浙江绍兴）人。南宋文学家、史学家、爱国诗人。陆游一生笔耕不辍，自言“六十年间万首诗”，诗、词、文皆有很高成就。其诗语言平易晓畅、章法整饬谨严，兼具李白的雄奇奔放与杜甫的沉郁悲凉，尤以饱含爱国热情对后世影响深远，特别是清末以来，每当国势倾危时，人们往往怀念陆游的爱国主义精神，陆诗的爱国情怀也因此成为鼓舞人民反抗外来侵略者的精神力量。陆游的词与散文成就亦高，宋人刘克庄评价陆游的词：“激昂慷慨者，稼轩不能过。”陆游有手定《剑南诗稿》85卷，收诗9000余首。又有《渭南文集》50卷、《老学庵笔记》10卷，及《南唐书》等。陆游的书法遒劲奔放，存世墨迹有《苦寒帖》等。

陆游一生爱书，他在诗中曾说，“我生学语即耽书”“壮岁耽书废夜眠”“耽书空尽百年身”，他的联语离不开书。

浇书满挹浮蛆瓮；
摊饭横眠梦蝶床。

《娱书堂诗话》：“东坡先生谓晨饮为浇书，李黄门谓午睡为摊饭。”梁章钜《巧对录》载录此联：“陆务观尝有句云‘浇书满挹浮蛆瓮；摊饭横眠梦蝶床’，每书此十四字悬之壁。”这副联可以说是陆游诗“惟书尚开眼，非酒孰关身”的翻版。蛆瓮，新酿的米酒未经过滤，表面有漂浮物。白居易有“绿蚁新醅酒，红泥小火炉”。蝶床，借庄周梦蝶之故事，指做好梦。陆游诗曾道：“枕书醒醉里，短发不曾梳。”“古剑寒三尺，残书乱一床。”他在书里醒，在书里梦。

万卷古今消永日；
一窗昏晓送流年。

陆游出身名门望族、江南藏书世家，宋高宗时，参加礼部考试，因受宰臣秦桧排斥而仕途不畅。秦桧病逝，陆游初入仕途，任福州宁德县（今宁德市）主簿，不久，调入京师，乾道年间曾赋闲四年。南宋嘉泰二年（1202），

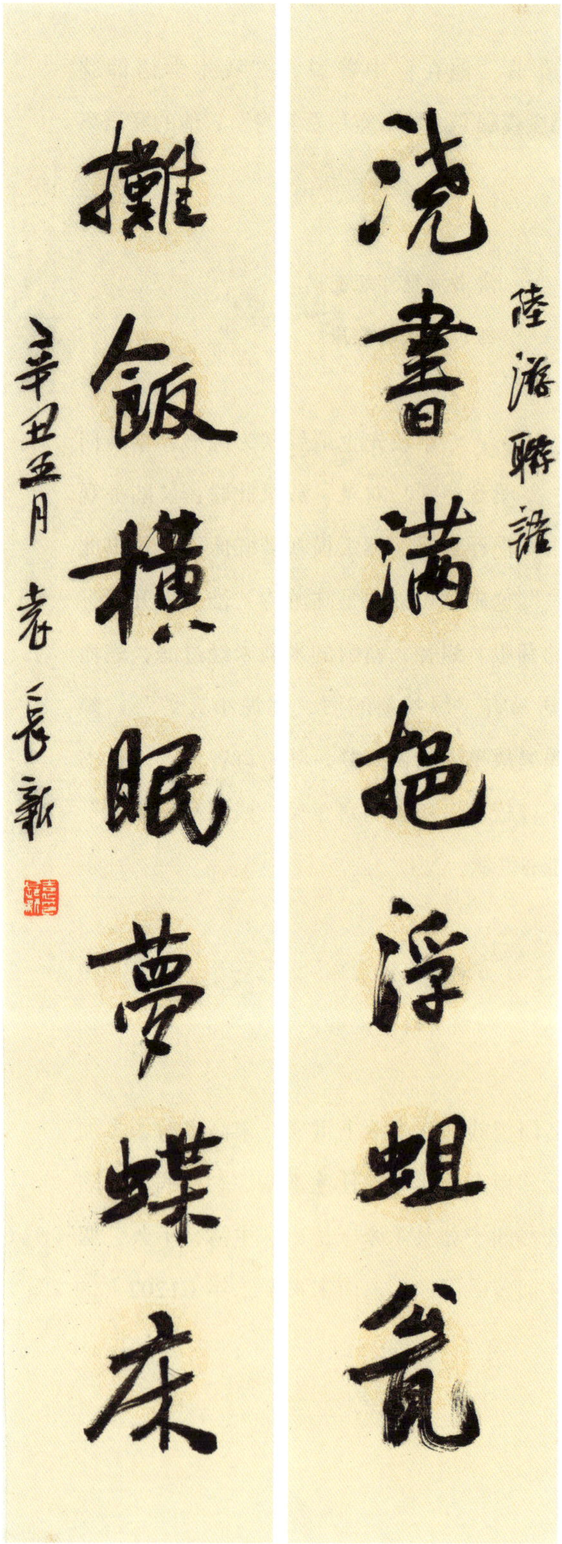

上联 浇书满挹浮蛆瓮；

下联 摊饭横眠梦蝶床。

上联　万卷古今消永日；

下联　一窗昏晓送流年。

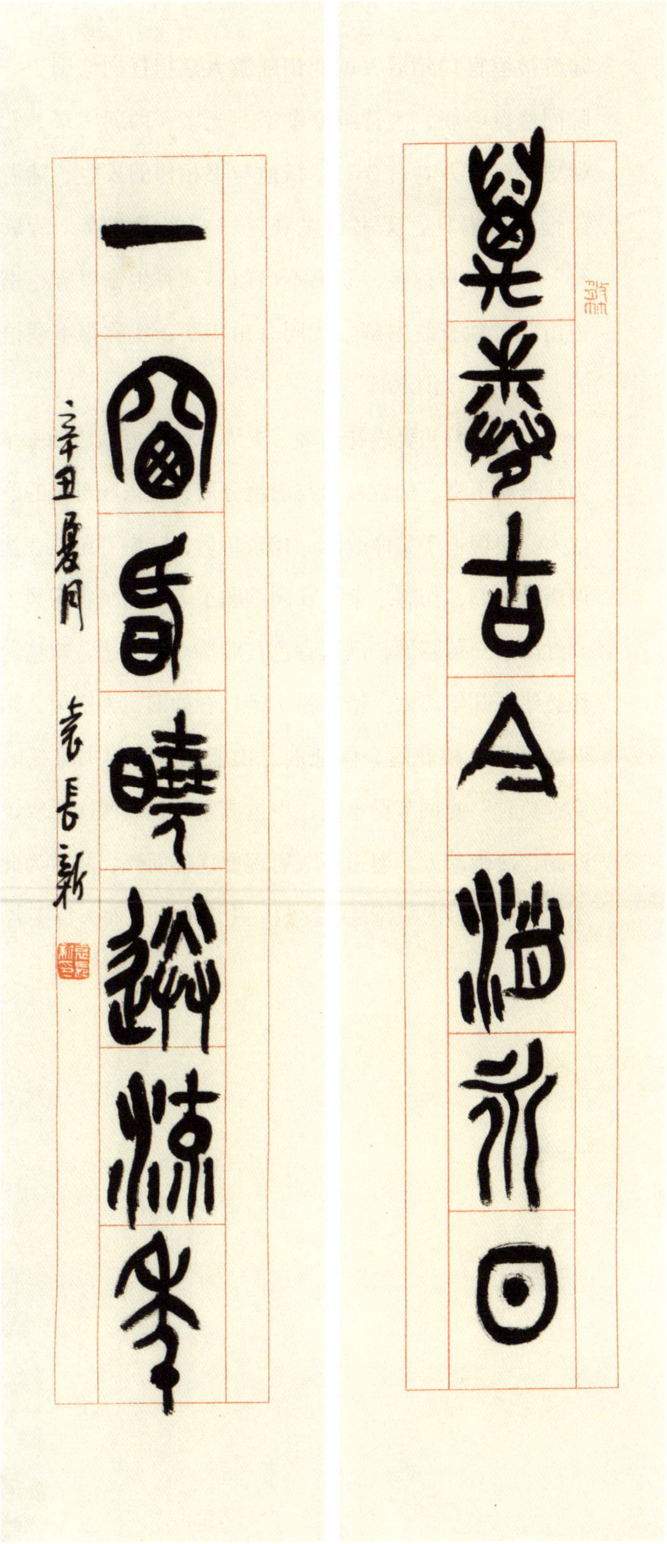

陆游被罢官13年后，朝廷诏陆游入京担任同修国史、实录院同修撰一职，主持编修孝宗、光宗《两朝实录》和《三朝史》。“万卷古今”，指他与书相伴的人生，陆游于书“惟恨虚捐日，无书得纵观”“寂寞借书读，清羸扶杖行”“畏客常称疾，耽书不出门”“香生帐里雾，书积枕边山”“独有耽书癖，犹同总角年”，实称得上联语所说的“万卷古今消永日”。

据传陆游初娶表妹唐琬，夫妻恩爱，但因唐琬不孕，遂为陆母所不喜。陆游被迫与唐琬分离，也依顺母亲心意另娶他人，唐琬迫于父命改嫁。10余年后，陆游春游，在沈园偶遇唐琬夫妇，伤感之余，在园壁题了著名的《钗头凤》词：“红酥手，黄縢酒，满城春色宫墙柳。东风恶，欢情薄，一怀愁绪，几年离索。错，错，错！春如旧，人空瘦，泪痕红浥鲛绡透。桃花落，闲池阁，山盟虽在，锦书难托。莫，莫，莫！”此词节奏急促，声情凄紧，先后两次感叹，荡气回肠，凄婉动人。邂逅不久唐琬便忧郁而死，陆游为此哀痛至甚，后又多次赋诗忆咏沈园，沈园亦由此而久负盛名。

汤显祖纪念馆

汤显祖（1550—1616），字义仍，号海若、若士、清远道人。江西临川人，明代戏曲家、文学家。

百代宗师，雄才博学，正气塞苍冥。多回拒结权臣，毋惜春闱落第，留都弹首辅。凭教谪贬到边隅，弗辞逆旅瘴蒸，兴修书院，招来俊彦论文，其似孤鸿横晚照。宦海何曾浪稍宁?红泉问棘，独傲儒林，劝农陌上，夜话桑麻，深耕绿野，僻坞薰风唱采茶。遗爱平昌，歌赓陶靖节，格里还真，倾华夏仰尊汤若士；

半生廉吏，厚德仁怀，精诚充宇宙。几次擒捕猛虎，敢于除夕释囚，县令斥中涓。但愿挂冠归故郡，长守家山清秀，主座乐坛，指点伶工按谱，恰如群燕奋朝晖。世间只有情难诉，侠剑诛邪，狱怜小玉，寻梦梅根，心惊蚂蚁，醉醒黄粱，明窗皓月欢傩舞。缅怀杳落，幻觉武陵源，知音欣曲，遍寰中争演牡丹亭。

这副长联是对汤显祖一生的概括，包括品格、仕宦经历、文学创作，艺术成就。上下联开头“百代宗师，雄才博学，正气塞苍冥”“半生廉吏，厚德仁怀，精诚充宇宙”是一个总的概括，之后分述。

上联“拒结权臣”“谪贬到边隅”等，指汤显祖拒绝结交权臣张居正，受此拖累会试不第，又因弹劾首辅被贬雷州事。据史载，汤显祖在明万历五年（1577）、万历八年（1580）两次会试均落榜。落榜不是因为学识不够，而是因为当朝首辅张居正要安排他的几个儿子中进士。张居正为遮掩世人耳目，就从该科考试的士子中拉几个有真才实学的人做陪衬。因时人说，海内最有名望的举人无过于汤显祖和沈懋学，张居正派人去笼络汤显祖和沈懋学，声言只要他们肯合作，就能高中前几名。但汤显祖洁身自好，拒绝拉拢，于是得罪了张居正。

明万历十九年（1591），汤显祖在南京礼部祠祭司主事的任上，上了一篇《论辅臣科臣疏》，严词弹劾首辅申时行和科臣杨文举、胡汝宁，揭露他们窃盗威柄、贪赃枉法、刻掠饥民的罪行，疏文同时也抨击了万历登基以来20年的政治，疏文一出，神宗大怒，一道圣旨把汤显祖贬逐到雷州半岛的徐闻县。汤显祖一生蔑视权贵，晚年淡泊守贫，不肯与郡县官周旋，这种气节使他同东林党人顾宪成、邹元标等交往密切，因为他们也厉行气节、抨击当时腐败政治。汤显祖推重海瑞、徐渭这类或“耿介”或“纵诞”的人物，也因此有联语总评的“正气塞苍冥”“精诚充宇宙”。

上联“兴修书院”，下联“除夕释囚，县令斥中涓”“挂冠归故郡”，讲述汤显祖从政时的故事。汤显祖被贬雷州一年后遇赦，内迁浙江遂昌知县。在遂昌，他“去钳剧，罢桁杨，减科条，省期会”“建射堂，修书院”，下乡劝农，经常与青年才俊切磋技艺，他还擅自放监狱中的囚犯回家过年，元宵节让囚犯上街观灯。汤显祖如此行事方式，自然不容于时，明万历二十六年（1598），他递交辞呈后未等批准即回到家乡，吏部和都察院均以“浮躁”之名处分汤显祖，直接让他罢职闲住。中涓，古代君主亲近的侍从官。

汤显祖弃官后建玉茗堂，全力从事创作，亲自导演戏剧，即下联“主座乐坛，指点伶工按谱”。汤显祖同临川一带上千名演唱海盐腔的宜黄班艺人保持着广泛的联系，实际上成了地方戏曲运动的领袖。下联“犹怜小玉、寻梦梅根、心惊蚂蚁、醉醒黄粱”四句，分别指汤显祖创作的传奇“临川四梦”：《紫钗记》《还魂记》《南柯记》《邯郸记》。最后三句写汤显祖最终以他不朽的艺术成就赢得后世对他的崇敬和爱戴。“幻觉武陵源”，意思是说，恍惚间仿佛进入了美妙的桃花源。“武陵源”，即陶渊明在《桃花源记》中描写的美好的世外桃源。“遍寰中争演《牡丹亭》”，普天下争着上演汤显祖创作的《牡丹亭》。《牡丹亭》标志着明

汤显祖纪念馆大楼前的雕塑　李勇/摄

代传奇发展的最高峰，是中国戏剧文学发展史上的一个重要的里程碑，问世后被改编成多种戏曲，几百年盛演不衰。

上联重心在汤显祖的仕宦经历，下联重心在文学创作。但上下联涵盖的内容有交叉。上联“红泉向棘”指汤显祖的两本诗集《红泉逸草》《向棘邮草》，“薰风唱采茶”指戏曲创作实践。下联“几次擒捕猛虎，敢于除夕释囚，县令斥中涓”，又指向其从政行事。整体来说，联语内容涵盖面广，针线绵密。

郑成功祠

郑成功（1624—1662），本名森，又名福松，字明俨、大木，福建泉州人。明末清初军事家，抗清名将，民族英雄。弘光时监生，因蒙隆武帝赐明朝国姓“朱”，赐名成功，改名朱成功，并封忠孝伯，世称“郑赐姓”“郑国姓”“国姓爷”，又因蒙永历帝封延平王，称“郑延平”。

由秀才而封王，主持半壁旧江山，为天下读书人顿增颜色；
驱外夷以出境，自辟千秋新事业，愿今日有志者再鼓雄风。

郑成功一生的主要事业是抗清复明，从清顺治三年（1646）海上起兵反清，到清顺治十六年（1659）北伐南京失利，退据厦门，郑成功转战各地，都在与清军作战，努力

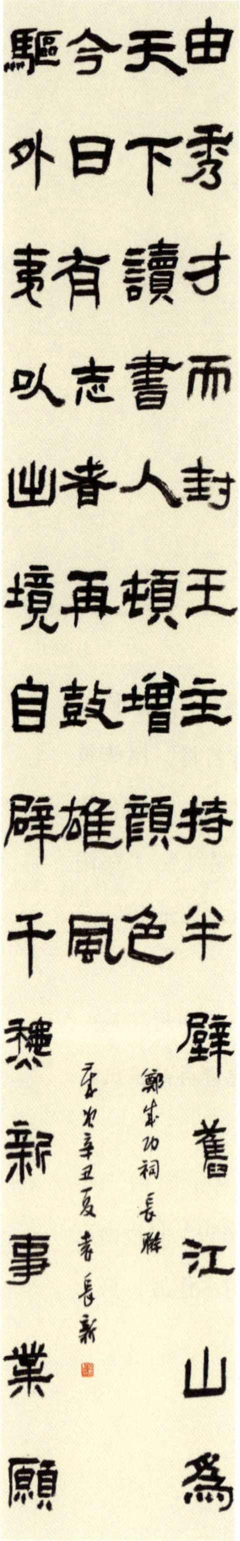

上联

由秀才而封王，主持半壁旧江山，为天下读书人顿增颜色；

下联

驱外夷以出境，自辟千秋新事业，愿今日有志者再鼓雄风。

台湾延平郡王祠（郑成功庙）内的郑成功骑马石像

支持明朝的半壁江山，联语讲的“主持半壁旧江山”。

郑成功最为后人所称道的事业，是打败荷兰殖民者，收复中国固有领土台湾，维护了中国领土主权的完整，建立了彪炳千秋的历史功勋，即下联“驱外夷以出境，自辟千秋新事业”。清顺治十八年（1661），郑成功进军台湾，原本是为获取抗清基地，所谓“我欲平克台湾，以为根本之地，安顿将领家眷，然后东征西讨，无内顾之忧，并可生聚教训也”。自清顺治四年（1647）1月在小金门起兵抗清，郑成功率兵转战浙、闽、粤等东南沿海行省，多次帮助明朝宗室与民众渡海定居台湾地区及东南亚各地。此外，郑成功让华商领取郑府令牌和“国姓爷”旗号，以保护在海外经商的华人安全，当时很多海外华商采取此法，得以安全出海经商。然而，郑成功统领着数万人的大军抗清，始终无法取得较大的根据地，为了筹备粮饷，他被迫通过海外贸易。北伐南京失败后，郑成功所部元气大伤，又面临军粮不足的问题，为了解决大军后勤给养问题，郑成功决定收复由荷兰殖民者侵占的台湾。清顺治十八年(1661),荷、郑两军在台江内海展开激烈海战，郑军大获全胜，击沉一艘荷兰军舰，并夺取船只数艘。荷军丧失主动出击的能力，荷兰大员长官揆一签字投降，率领残敌 500 人狼狈退出台湾。郑成功攻取台湾，不但实现抗清战略大转移，而且因赶跑荷兰殖民者成就了名垂青史的大事业。

郑成功收复台湾后积极推行屯垦制度，寓兵于农，以解决缺粮问题。政策推行没几年，军队不但可以自给自足，而且还有余粮上缴给政府。郑成功还鼓励大陆沿海居民到台湾进行土地开垦，帮助高山族提高生产技术水平。台湾在郑成功父子的经营和台湾各族人民的努力下，逐渐摆脱落后状态，赶上大陆一些富庶地区，成为祖国一座美丽富饶的岛屿。

在中国历史上，作为海峡两岸中国人无比崇敬的伟大的民族英雄，郑成功是当之无愧的。

第三章 烟火神祇

『烟火人间，太平美满』，有现实的，也有心灵的，心灵的依靠寄托于无数个烟火神祇。这些神祇的产生源于无数个神话，包括神鬼的故事、神（鬼）化的英雄传说。神祇的力量虽然是人们高度幻想的结果，但当人们行走于世间时，需要一种安全感，如此才能从容地丈量世界万物。中国文化中的烟火神祇有通阴阳的城隍，有让人财源滚滚的财神，有手到病除的药王，虽然琐细，虽然骨感，但均洋溢着热腾腾的生活气息。

药王庙

药王是中华先民崇拜的医药之神，有关他寻找药方、炼制丹药、施药治病、消疾除患、拯救生命的传说在民间广为传颂。民间对药王的信仰甚为普遍。药王不止一个，上古时期的神农、春秋时期的扁鹊、汉代的华佗、唐代的孙思邈和韦慈藏、明代的李时珍等，都被称为药王。在少数民族地区，有的民族神也有称为药王的。

神农氏即炎帝，是中国上古时期姜姓部落的首领，他亲尝百草，用草药给百姓治病。

典籍考三坟，草昧初开，式焕人文昭景运；

治疗尝百药，芝生攸赖，永为医国树仪型。

祀神农氏。上联讲神农氏著成医书，为文人之楷模；下联讲神农氏亲尝百草，用草药救治百姓，为国之典范。三坟，传说中我国最古的书籍，分山坟、气坟、形坟，《连山》为伏羲作，《归藏》为神农作，《乾坤》为黄帝作。式，楷模，榜样；焕，光亮、鲜明；昭，光明，明亮；景运，好运；攸赖，长久的依靠；仪型，楷模，典范。

默向人间施药饵；

不教世上患膏肓。

祀扁鹊。扁鹊，姬姓，秦氏，名越人，春秋战国时期名医，渤海郡鄚人。传说秦越人医治好赵简子五日不醒之症，赵简子赐给秦越人蓬鹊山田4万亩，这田碰巧在扁鹊洞府上面，田之上有翩翩欲飞的天然石鹊，静观天下神奇的石人形象，赵国人认为秦越人像吉祥的喜鹊一样，于是尊称秦越人为扁鹊。扁鹊在诊视疾病中，运用望色、听声、写影、切脉，即中医后来总结的望、闻、问、切。扁鹊精于内、外、妇、儿、五官等科，应用砭刺、针灸、按摩、汤液、热熨等法治疗疾病，据《汉书·艺文志》记载，历史上曾有《扁鹊内经》《扁鹊外经》，但二书现均亡佚。扁鹊精于望色，他通过望色就能判断病症，及其病程演变走势。韩非子有篇寓言《扁鹊见蔡桓公》，讲述扁鹊通过“望色”发现蔡桓公已病入膏肓。古代医学以心尖脂肪为膏，心脏与膈膜之间为肓，“疾不可为也，在肓之上，膏之下，攻之不可，达之不

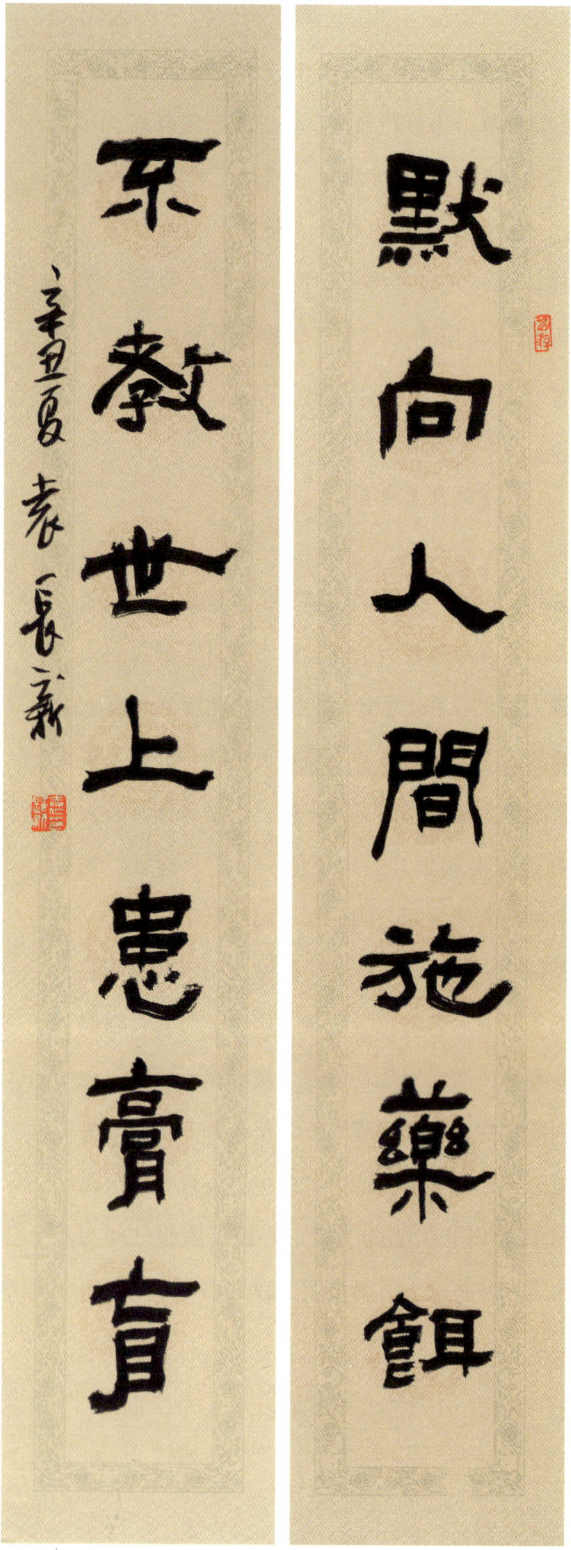

上联 默向人间施药饵；

下联 不教世上患膏肓。

及，药不至焉”，后称“膏肓”为难以医治之病。也即是说，扁鹊通过“望色”就能诊断出藏于深处的难治之病。

开医药先河，别性味，述功能，配合次五行，愿一世胥登寿域；

为方书初祖，辨阴阳，定虚实，节宣符六气，俾群生共迓天和。

祀孙思邈。药王中最有名的是唐代名医孙思邈。《旧唐书》称其为京兆（今陕西铜川）人。孙思邈擅长阴阳术，主张治病时必须天人合一，认为“天有四时五行，寒暑迭代，其转运也，和而为雨，怒而为风，凝而为霜雪，张而为虹霓，此天地之常数也。人有四肢五脏，一觉一寐，呼吸吐纳，精气往来，流而为荣卫，彰而为气色，发而为声音，此人之常数也”。二者相结合，“阳用其神，阴用其精，天人之所用也”。联语中“别性味，述功能，配合次五行”“辨阴阳，定虚实，节宣符六气”“天和”指孙思邈行医的理念与方法。胥，皆，都；俾，使；迓，迎接。节宣，指或裁制或布散以调适之，使气不散漫。上下联整体意思是说，孙思邈的方法可以使人长寿，老百姓对这种方法极为佩服。

继神农，尝百草，妙方犹在；

成仙佛，济众生，灵感实深。

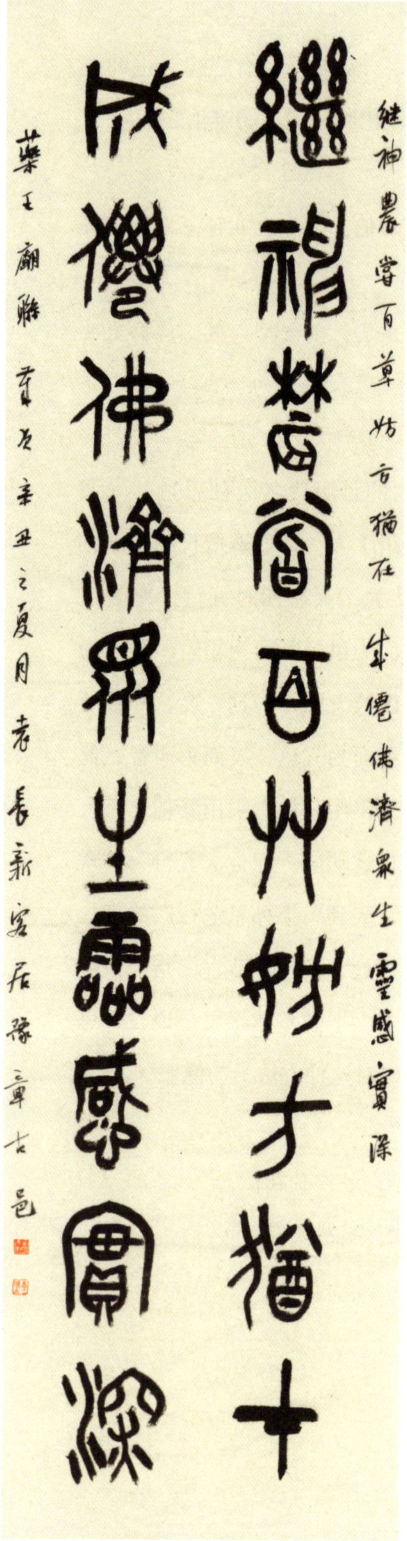

上联

继神农，尝百草，妙方犹在；

下联

成仙佛，济众生，灵感实深。

又

但愿天下人不病；

何妨柜内药生尘。

人类发展的历史上，药王的尊称产生于先民与大自然斗争的社会生活实践之中，产生于民众与疾病做斗争时对一种力量的寻求，药王是英雄。民间药王神话的主题常常表现为天降病灾、瘟疫，人间生灵面临危难，得神意保护而安然无事，出现了族群中的药神、药王。民间药王四处寻找药方，研究药方，帮助人们战胜疾病，渡过难关，他们具有仁厚的救世情怀。药王有一种使命，帮助与疾病斗争的苦难民众，即第一副联中“成仙佛，济众生”。药王还另有一种情怀，愿天下苍生无病无痛，即第二副联中“愿天下人不病”的情怀。

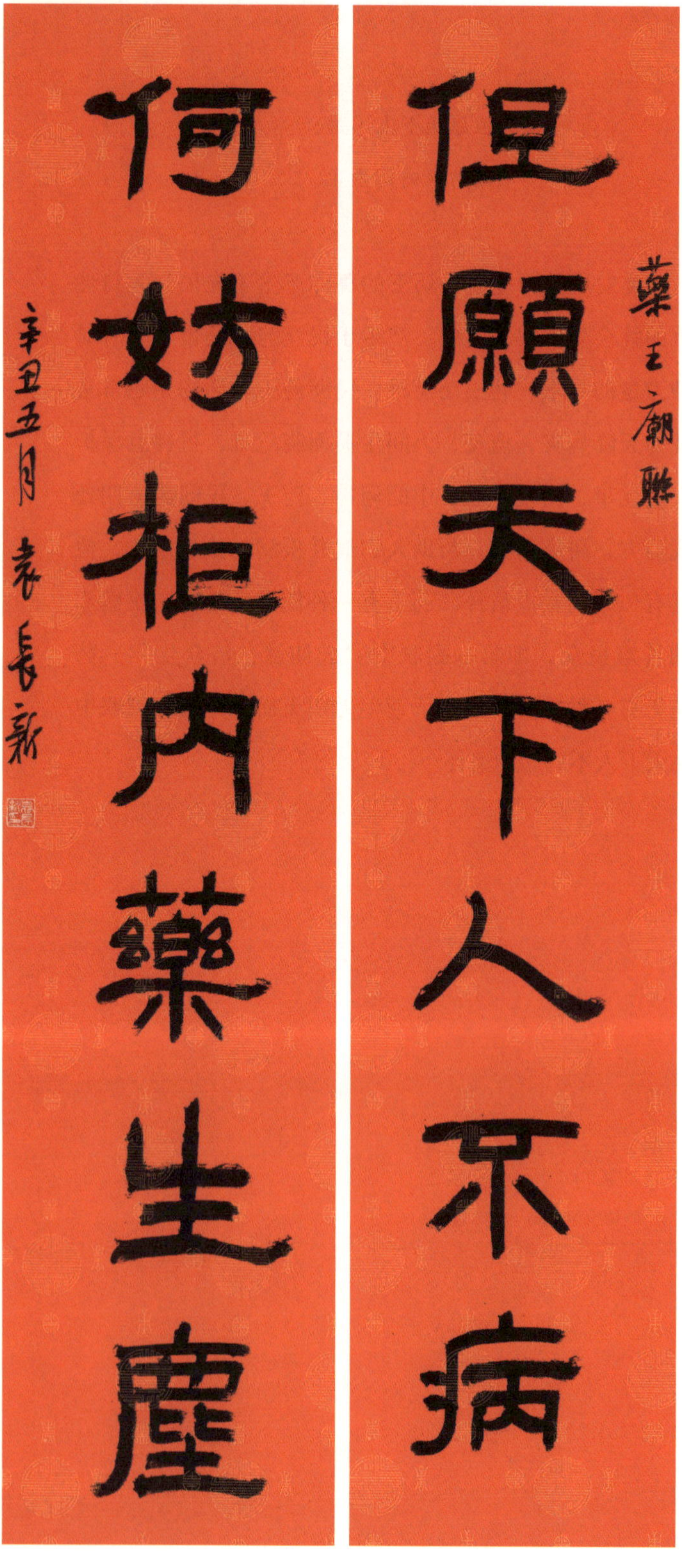

上联 但愿天下人不病；

下联 何妨柜内药生尘。

城隍庙

中国古代的城市，一般用土来筑城墙，城墙的四周都挖有护城的堑壕，有水的称池，没水的称隍。城隍，道教中守护城池的神。真正意义的城隍庙出现在三国、两晋、南北朝时期。宋代城隍被纳入国家祀典，后经明洪武改制后，城隍兼具民间性与官方性的双重特性。明清时期，城隍逐渐由守护神演变成“阴官”，与人间政府所派遣的“阳官”对应，专门负责一个地区阴间的大小事务。各地的城隍由不同的角色出任，甚至是由当地的老百姓自行选出。民众敬仰正人君子、耿直之臣、仁勇义士，将有功于民的人的英灵封为城隍，希望他们的英灵能像生前一样继续庇护老百姓。

御灾捍患，奉天道所欲行，雨雨风风，尽都益了百姓；

除暴安良，助王化所不及，善善恶恶，何曾放过一人。

城隍是一种神祇，人们对他寄予希望。风雨飘摇的战乱中，人们求祷虚拟的城池保护神保全乡土与庶民；和平年代，人们在想象中赋予城隍灵通山川、驾驭风云的神性，向城隍求雨、祈晴、求寿、祈福、禳灾，求城隍保佑全城百姓福寿安康，即联语所说，“御灾捍患”“都益了百姓”。

历代帝王尊奉城隍，除了顺乎世风民俗之外，也有实际的动机，他们借城隍助其统治，即联语所说“助王化所不及”。如朱元璋说过，“朕设京师城隍，俾统各府、州、县之神，以鉴察民之善恶而祸福之，俾幽明举不得幸免”。又说，“朕立城隍庙，使人知畏，人有所畏，则不敢妄为”。城隍兼具阴阳间的审判官，他不会放过妄为的人，即“何曾放过一人”。

为人须凭良心，初一十五，何用你烧香点烛；

做事若昧天理，半夜三更，谨防我铁链钢叉。

城隍不仅是城市的保护神，而且还兼代了一部分阎罗王的职能，成为阎罗阴司派出机构的冥官。城隍有阴阳两界，是现世，尤其是来世的司法神，负责审判辖区的人死后的灵魂。如果昧天理做事，就会被城隍铁链钢叉索命。

做个好人，性定心安魂梦稳；

行些善事，天知地鉴鬼神钦。

城隍被尊为地方保护神，主管当地水旱疾疫，以及主持阴司冥籍。明代《太上老君说城隍感应消灾集福妙经》将城隍的职责概括为："代天理物，剪恶除凶，护国安邦，普降甘泽，判定生死，赐人福寿。"又称，城隍之下还设有十八判官，分别掌握人们生死疾疫、福寿报应等。鉴于城隍的权力大，管理的事情多，人们对城隍心生敬畏，所以，面对城隍，民众告诉自己"做个好人""行些善事"，求得"心安魂梦稳"，使得"天知地鉴鬼神钦"，如此，自己及家人才可以平平安安度过一生。

百年前的中国城镇，无论大小，一般都有城隍庙，不仅如此，在城隍庙周边，还会衍生出一个城市中的特别地段，此处小物品流通甚为便利。对于国人而言，城隍庙是一个富有想象力的地名，意味着名目繁多、应有尽有的小商品的纷呈罗列，意味着众生熙攘、百态纷呈的世俗生活画卷。如今，仍有少数城市的城隍庙依然幸存，虽然城隍早已不再享受市民的祭祀，但城隍庙市场却富于韧性地屹立着。

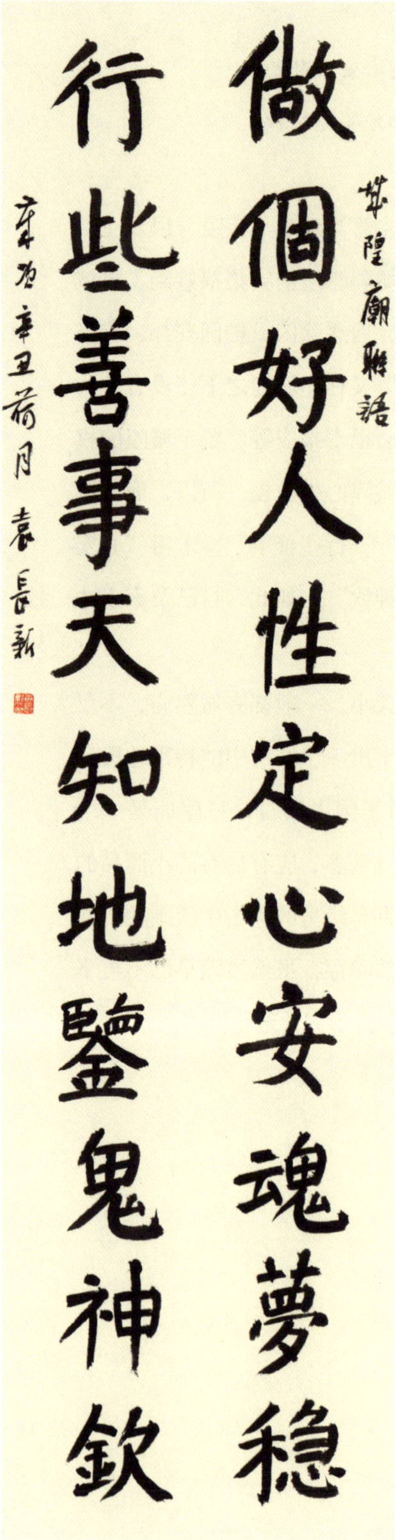
做個好人性定心安魂夢穩
行些善事天知地鑒鬼神欽

上联　做个好人，性定心安魂梦稳；

下联　行些善事，天知地鉴鬼神钦。

龙王庙

龙是古代神话传说中生活于海里的神异生物，为鳞虫之长，司掌行云布雨，是风和雨的主宰，龙王之职就是兴云布雨，为人们祛旱禳灾。龙王信仰起源很早，高诱注《淮南子》“土龙致雨”曰：“汤遭旱，做土龙以像龙，云从龙，故致雨也。”说明商汤时期已经用土龙求雨。唐开元年间，皇帝下诏，令祀龙池，文献中有“司筮日，池旁设坛，官致斋，设笾豆，如祭雨师之仪，以龙致雨也”的记载，可知唐代已在龙池旁边置坛进行祭祀。宋代，“京城东春明坊五龙祠，太祖建隆三年自元武门徙于此。国朝缘唐祭五龙之制，春、秋常行其祀”，可见北宋初年已经有了龙神庙，且沿袭着唐代祭祀五龙的习俗。

唐宋以降，殆至明清，龙王庙的建置十分普遍。龙王庙建置于地方治所附近的河岸、井畔、泉边、深潭等处，这是因为在传统观念中，河、井、泉、潭等都被认为是龙王真身藏匿之所。唐代以后，龙王开始被官化或帝王化，被封官晋爵，因此关于龙王庙的称谓各地不一，有龙王庙、龙神庙、五龙庙、白龙王庙、黑龙王庙、井龙王庙、张龙王庙等诸种称呼，但实质上，这些庙都是当地政府或民众祈祷龙王驱旱止雨的场所。

九土足农田，但期膏不下屯，霖雨遍敷天下望；

三吴称泽国，更愿流无旁滥，江河长向地中行。

齐彦槐撰苏州龙神庙。齐彦槐（1774—1841），字梦树，号梅麓，江西婺源人。齐彦槐任职金匮县期间，为官清廉，清理积案，剖决如流，民称“齐青天”。他赈荒歉，勤其职，权苏州督粮同知，在漕运之争中，力主海运。

龙王庙建置在地方治所附近，主要便于官府每年春秋例行的祭祀，以及灾害降临时祈祷龙王的仪式活动，这些活动皆由官方组织，仪式隆重。关于龙王神诞之日，各种文献记载和中国各地民间传说均有差异。旧时专门供奉龙王的庙宇几乎与城隍、土地的庙宇同样普遍，每逢风雨失调，久旱不雨，或久雨不止时，民众都要到龙王庙烧香祈愿，祈求龙王治水，以保风调雨顺。齐彦槐知苏州时撰的这副龙神庙联就是配合春秋例祭，齐彦槐希望龙王佑庇当地，“霖雨遍敷”，农业得以丰收，同时也希望雨水不泛滥不发生洪涝，

“流无旁滥”，只有“江河长向地中行”漕运才能保证，农业才不至于颗粒无收，人民才不至于流离失所。九土，九州的土地。屯，聚集，积聚。地中，地平面以下，地面以下。

农业时代，辖区农业收成是地方官的一项重要政绩考核，所以，每一个地方官都会祭祀龙王，祈求龙王保佑当地风调雨顺，农业取得丰收。

神德庇三农，统天田以乾象；

恩膏流百粤，兴云雨于雩坛。

阮元题广州龙王庙。雩坛，古时祈雨所设的高台。膏露，犹甘露，可沾溉惠物。乾象，天象。旧时人们认为，天象变化与人事有关。天田，帝王之籍田。阮元希望的，也是龙王佑庇三农，从而“膏流百粤”。古人认为，凡是有水的地方，无论江河湖海，都有龙王驻守。龙王能生风雨，兴雷电，职司一方水旱丰歉。如遇久旱不雨，一方乡民必先到龙王庙祭祀求雨，如龙王还没有显灵，则把它的神像抬出来，在烈日下暴晒，直到天降大雨为止。

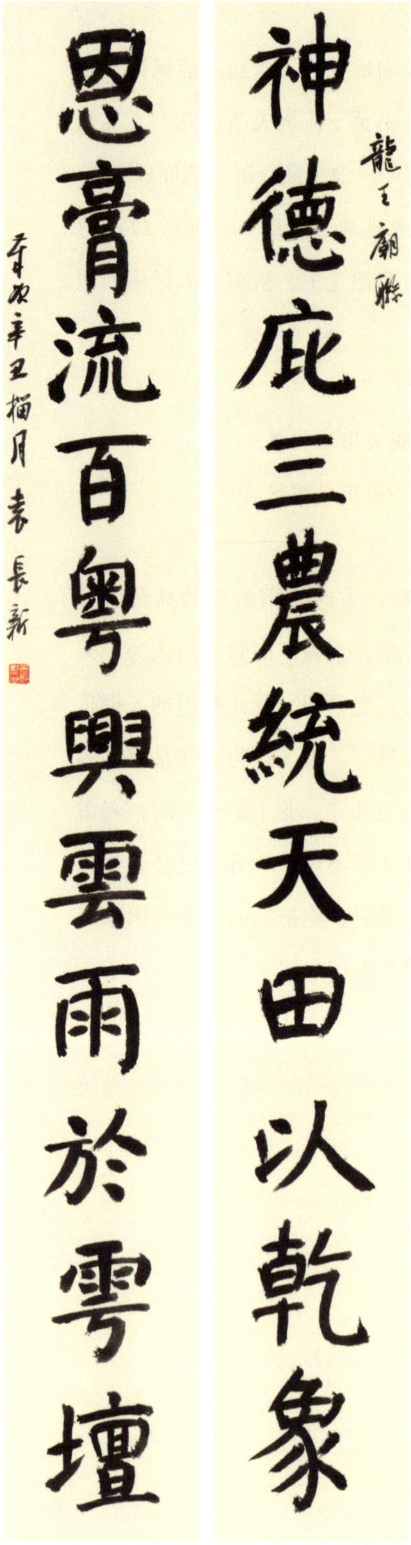

上联　神德庇三农，统天田以乾象；

下联　恩膏流百粤，兴云雨于雩坛。

土地庙

土地庙，又称福德庙、伯公庙，为民间供奉“土地神”的地方，多为民间自发营构的小型建筑，且建于大小村寨的田边地头。在中国，可以说，凡有人烟处，皆敬土地。

土地庙最初源于对土地的崇拜，土地崇拜与人类文明的孕育相伴相生，在社会发展的不同阶段呈现出不同的表现形态。农业社会的土地崇拜可分为三大支系：第一支系是把土地作为有灵性的自然力进行崇拜，这是比较古老的土地崇拜形式，遗留了“万物有灵”的原始思维特征；第二支系是随着农业文明的推进重视土地生产力的崇拜，主要表现在地坛祭祀和社神、稷神的崇拜上；第三支系是具有民间信仰意义的土地公崇拜，更加注重社会化属性。

耕而食，凿而饮，相传中古遗风，尚留村社；

春有祈，秋有报，愿与故乡父老，同拜神旗。

俞樾撰，在德清乌山，相传为帝尧时遗迹。

土地神属于社神。古代把土地神和祭祀土地神的地方都叫“社”。按照我国民间的习俗，社日分为春社日和秋社日，每到播种或收获的季节，农民们都要立社祭祀，祈求或酬报土地神。春祭是在每年立春之后的第五个戊日，乡民们以酒肉、香纸蜡烛之类的什物来叩拜土地神，祈求全年风调雨顺、五谷丰登、六畜兴旺。秋祭则在立秋之后的第五天，但由于各地农忙时节的不同，秋祭的时间也就稍有不同，有的在收割前先向土地爷“小祭”，让他尝尝鲜，等把田里的农活做完之后，再进行“大祭”，让土地神分享丰收的喜悦，为来年的再次丰收做铺垫。春祭是为了祈祷敬神，秋祭则是答谢娱神，人们在举行春秋大祭时，往往还要在庙前或谷场上搭戏台，由祠堂出钱或各家各户筹钱，请戏班子唱大戏。

上联“耕而食，凿而饮”，指向土地为人类居住生活的场所，是人类获取衣、食、住等生存资料所需且最重要的资源。土地不仅是生存之基，也是发展生产所必需的条件。在古代，气候条件直接影响农业生产的丰歉，社神也因此被赋予气候调节等与生产相关的职能。古代先民遇到水旱灾害时，都要祈请社地神显灵，可以说，对农作物多产的憧憬是社神崇拜产生的一个重要原因。此“中古遗风”即是对万物有灵的最初信仰。下联“春有祈，秋有报”即指春祭、秋祭。

上联

耕而食，凿而饮，相传中古遗风，尚留村社；

下联

春有祈，秋有报，愿与故乡父老，同拜神旗。

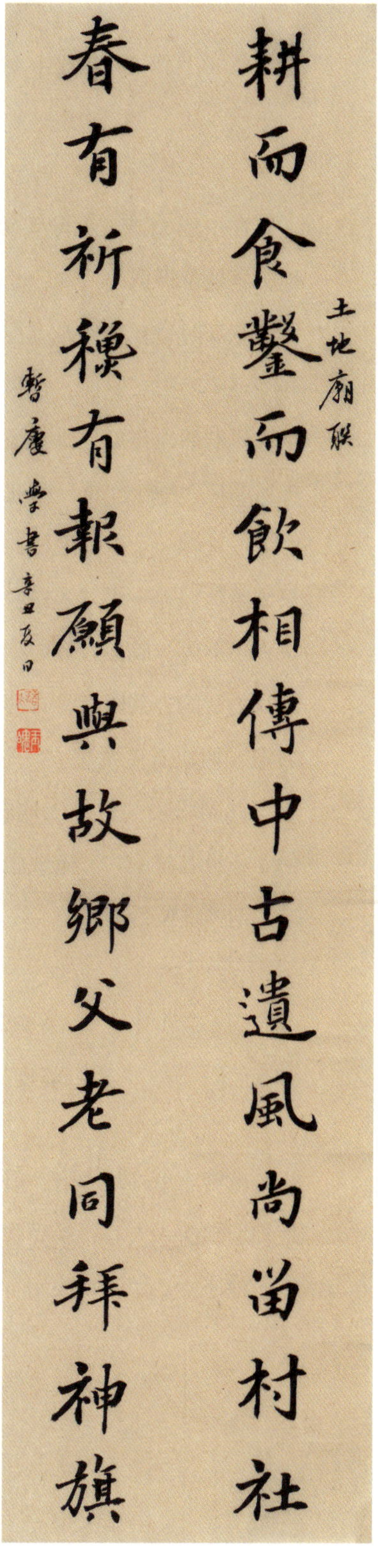
耕而食鑿而飲相傳中古遺風尚留村社
土地廟聯
春有祈穰有報願與故鄉父老同拜神旗

庙小无僧风扫地；

庵缺施主月当灯。

在中国充满着人间等级色彩的神灵世界中，可以说土地神是地位最低的一种，此类文献记载自汉末以来屡见于典籍。东汉时道教神仙说流行，土地神往往与道家方士相联系并受道士吩咐、驱使。在明代神魔小说《西游记》中，“土地”卑弱的地位更是得到了活灵活现的表现，土地神常为他神所驱使，一个“奄”字咒语，拘得个土地老儿在庙里似推磨一般乱转。土地神地位的低下反映在居所方面，则表现为只需给他们盖一平方米左右的小小“土地庙”，里面再放两块上小下大，貌似人形或刻成人形的石块。简陋，是土地神栖身之所的公共印象，有的简陋到在树下或路旁三块石头就搞定，两块石头为壁，一块为顶，三块石头就是一座土地庙。此副联说的就是土地庙的简陋，没有僧人，“庙小无僧”；没有施主，“庵缺施主”，这其中原因，当然还是缘于土地神地位低下。

公公十分公道；

婆婆一片婆心。

就算庙里一片冷清，但在民间，这尊位不高职不显的土地神，却深入人心，深受欢迎，极具人间烟火气息。非常多的土地庙中，用泥塑或用石头凿成一位穿长袍戴乌帽的白发老翁，这老翁极像一个老实巴交的农民，他待在自己的小庙里，身边还有一个“土地婆婆”做伴，这对老伴往往善良温和，乐于做好事，平易近人。在古代戏曲中，土地公定格化为一位救苦救难的慈悲老人形象。傩戏面具里，土地神的面具总是一副慈眉善目的样子，土地神是社会底层多苦多难的普通民众最为信赖的人物。联语的“公道”“婆心”说的就是这样的亲民的土地公婆形象。

莫嫌我庙小神小，不来烧香试试；

休仗你权大势大，如要作恶瞧瞧。

又

汝试求之以感应；

吾虽老矣不糊涂。

这样一位地位低下亲民的土地神，渗入到世俗生活的方方面面，他可以保护一方平安，还可以保佑风调雨顺、五谷丰登，还掌管着一区、一里、一村、一邻的杂事。第一副联语如此说法即是因为土地神管的事情很多，这一点，有点像城隍，如果人们不去烧香，生活中各种琐事、繁杂，各种未知的明天是什么结果，老百姓心中感觉不踏实。中国老百姓对与他们亲近的土地神是亲昵的，有时候甚至是不恭的，调侃的，这两副联语极富诙谐味，也与土地神的平民形象相符。

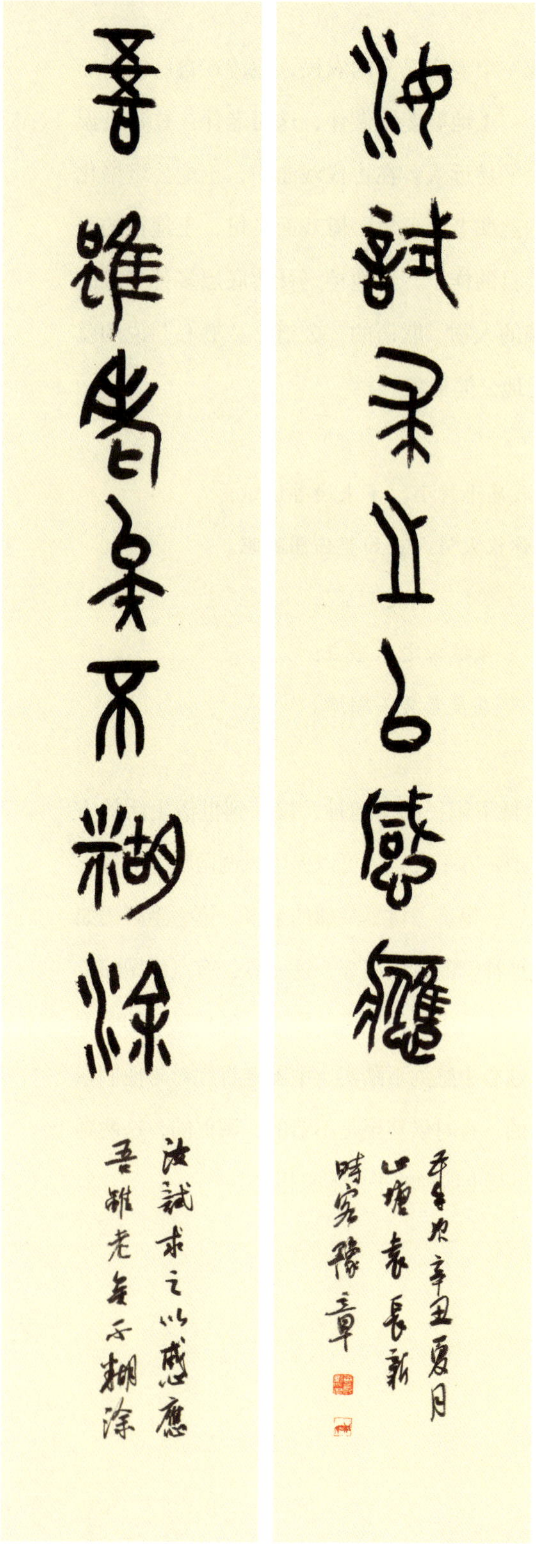

上联 汝试求之以感应；

下联 吾虽老矣不糊涂。

财神庙

财神是中国民间普遍供奉的主管财富的神明。我国民众供奉的财神主要有：以忠义诚信著称的关羽，以忠烈刚直著称的比干，“聚宝天下”的陶朱公范蠡，“赐福镇宅圣君”钟馗，有求必应的南海龙王爷，还有招财童子、善财童子、五路财神，渔村还有“护国庇民妙应昭应普济天后”妈祖财神等等。这些财神分为文武两类，如比干、范蠡，是由古代的文官演化而来的文财神，如关公、赵公明，则是由古代的武将或道教中的武将演化而来的武财神。这些人物原型身上寄托了民众对财神信仰的价值取向，众位财神亦成了一种道德力量的化身，关公代表了“诚信”，范蠡代表了“智慧”，而赵公明和比干则代表了“公正”。

自私有制产生以来，财就成了支配人们社会生活的重要力量之一。求财，作为人类经济行为的必然表现，是人天生的一种本能，即所谓“富者，人之情性，所不学而俱欲也”。至于追求的结果，普通民众大多都将其归之于主宰财富和财运的神灵“财神”的意志。他们在困顿的生活中幻想有一种神明，既可庇佑他们持有既得的钱财，又能绵绵不断地给他们输送财源，这种意愿使得财神信仰应运而生，这也是人类社会民众本能的愿望。

颇有几文钱，你也求，他也求，给谁是好？

点上三炷香，朝也拜，夕也拜，叫我为难。

人们来到财神庙就是求财。但爱财之心，人皆有之，获取财富的手段、条件，在不同的时代背景下各有标准，儒家伦理的标准，德、善、义等是获得、拥有、支配财富的根本条件。“给谁是好”，应该给有德有善有义之人。

富而可求，求人不如求己；

物惟其有，有德自然有财。

又

无以为宝，惟善以为宝，则财恒足矣；

义然后取，人不厌其取，又从而招之。

上联

富而可求，求人不如求己；

下联

物惟其有，有德自然有财。

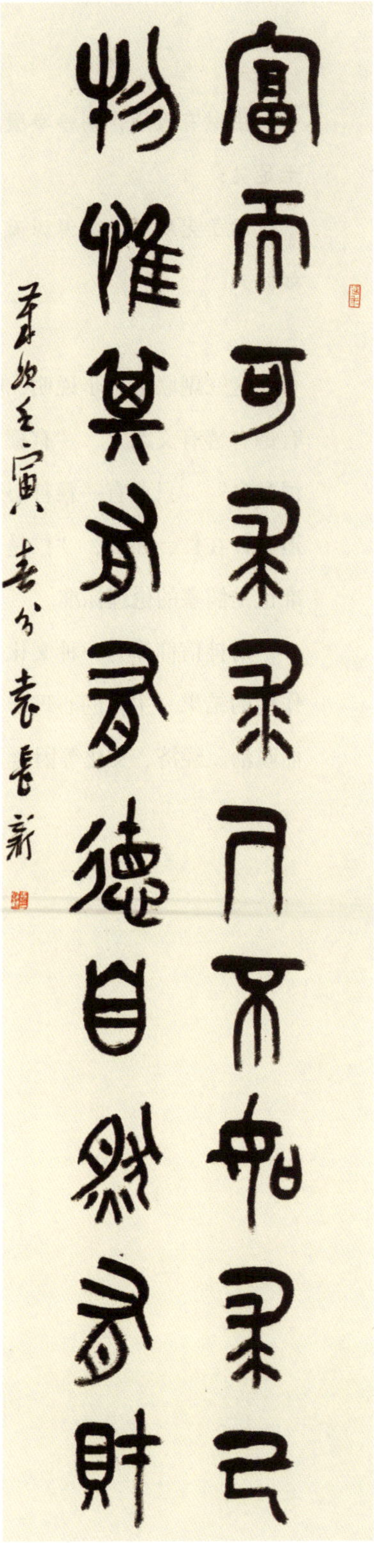

又

生财有大道，则拳拳服膺，仁是也，义是也，富哉言乎至足矣；

君子无所争，故源源而来，孰与之，天与之，神之格思如此夫。

这三副联进一步说明，财富分配给谁的问题，当然是给有德有善有义之人，“有德自然有财”。“善以为宝，则财恒足矣”，只要有一颗善心，财富总是恒足的。“生财有大道”，在仁，在义，“仁是也，义是也”。这些财富分配标准也是儒家的伦理标准。

财神信仰作为一种文化现象，它的产生是诸多因素交互作用的结果。主体的心理需求是这种信仰产生的原初动力，而政治、经济、文化等因素是外部助力。

上联 无以为宝，惟善以为宝，则财恒足矣；

下联 义然后取，人不厌其取，又从而招之。

山神庙

中国是一个多山的国家，《周易》“八卦”所象征的八种自然现象中就有“山”。北京人、山顶洞人的遗址均发现于山洞，说明中华民族的族群很大一部分是生存于山岳之间。大多数先民以山脉为最初的居住地，由于生产力的发展走出深山，在中国众多的山林民族中，山神信仰普遍存在，从中原大地到长江流域，从西北地区、东北地区到西南少数民族地区，几乎有山的地方就有山神崇拜和山神信仰。

圣德驱凶迹；
神威镇恶形。

原始时代的人们认为，每一个民族、每一个部落都有首

上联
圣德驱凶迹；

下联
神威镇恶形。

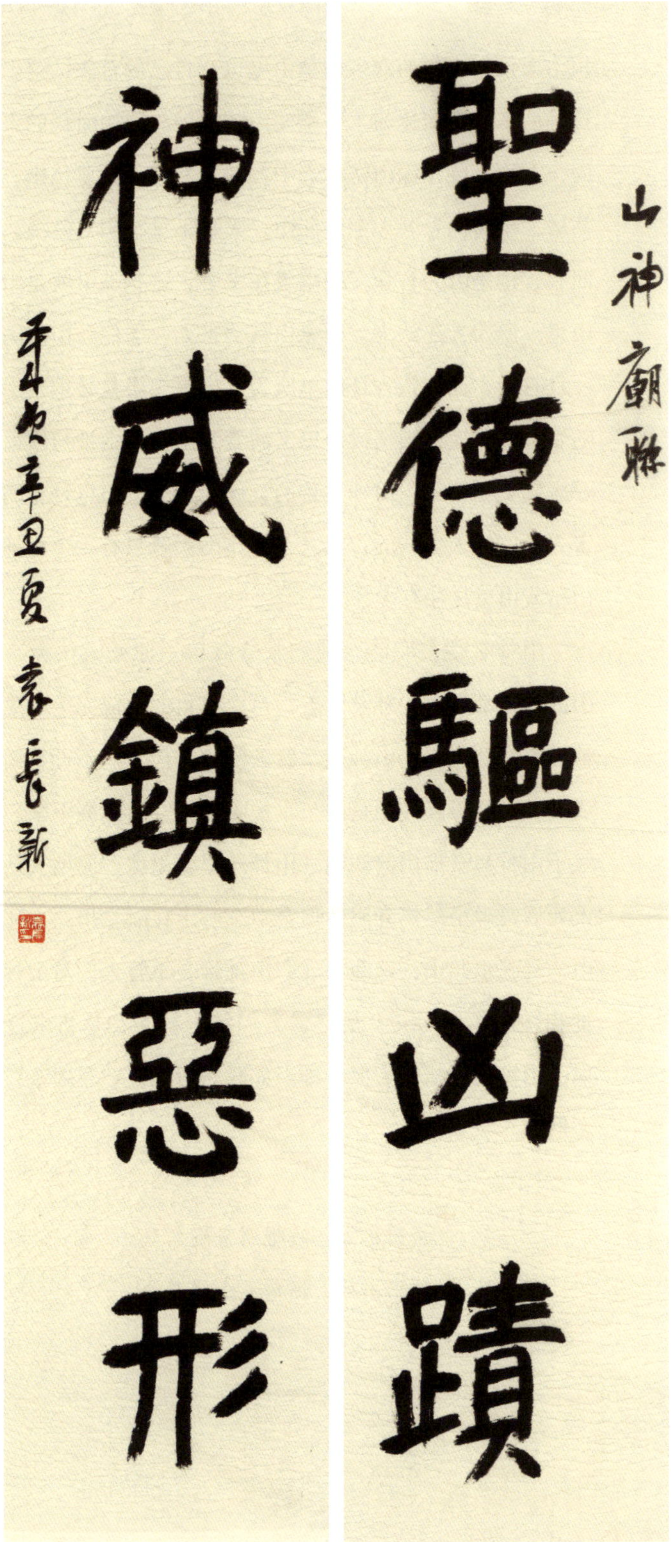

领，居住在山中的众多山精山鬼也有自己的首领，这个山鬼首领后来逐渐演化为主宰整座山的山神。原始时代的人们认为，万物有灵，深山密林之中，树木参天，杂草丛生，百兽共居，千禽栖息。人走进深山，天日不见，阴气弥漫，怪声四起，这是因为有众多的幽灵在漫游，这些幽灵就是山精或山鬼。原始人还认为，山鬼山精会害人，居住在山区的民众一旦有病，往往认为是山鬼所为，如果想康复必须祭山鬼。随着世移代换，山精或山鬼又演变为山神。山神与山鬼的主要区别是：第一，山神是善的，保护人们，山鬼是恶的，是害人的，使人生病的；第二，一座山一般只有一个山神，而山精或山鬼往往有多个。

山神有很多职能，他们掌管禽兽。原始人认为，山林中的禽兽都是由山神掌管着，每次打猎的收成完全取决于山神的心情和意愿。山神还掌管云雨，古代人们不理解雨水的成因，以为天降大雨是山泉水被吸到天空再喷洒下来，于是赋予山神兴云播雨的职能。山神还掌管鬼魂，原始人认为，人死后灵魂虽然离开躯体但会继续游走在时空里，人死后归山，灵魂也归山，这些灵魂归山神管。不管人们对山神的职责和功能作何定义，最终，人们祭山神，都是祈求近福远祸，山神最终演变为保护神。如联语所说，“驱凶迹”“镇恶形”。

岳镇东方，近挹明皇迎紫气；

位崇木德，恒舒春令泽苍生。

上联
岳镇东方，近挹明皇迎紫气；

下联
位崇木德，恒舒春令泽苍生。

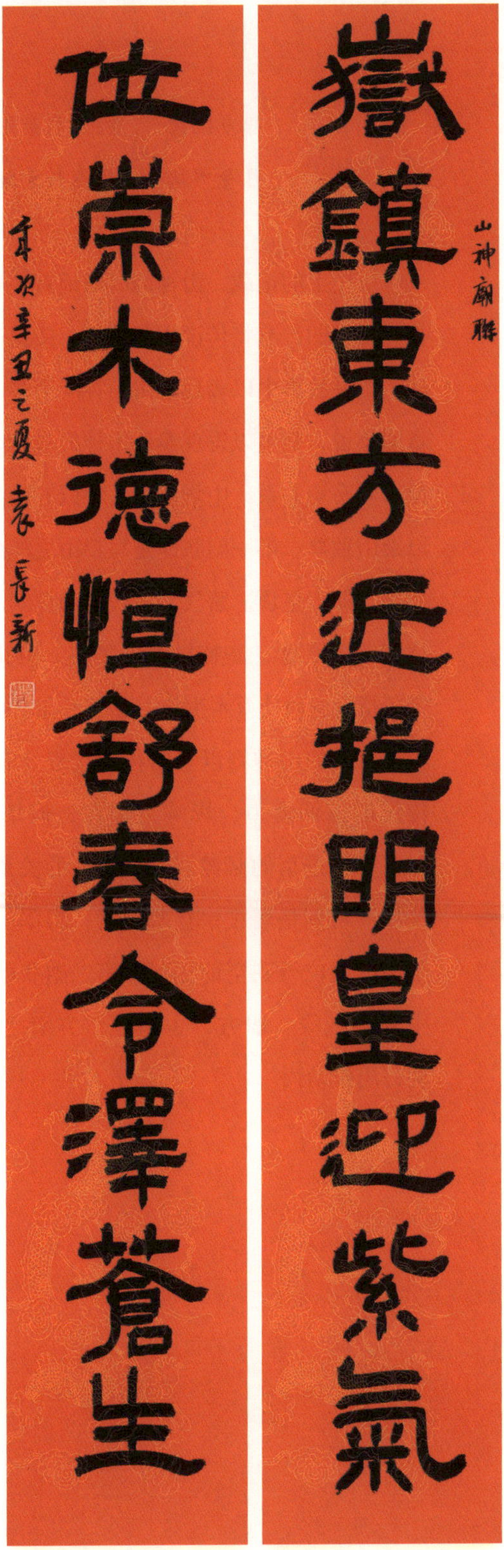
山神廟聯
嶽鎮東方近挹明皇迎紫氣
位崇木德恒舒春令澤蒼生

又

职方纪豫州，控楚联秦拱冀；

月令司秋序，生春长夏藏冬。

历史上的记载，山神因时因地有差异。有将历史人物奉祀为山神的，有将传说中的神仙，或得道成仙者奉祀为山神的。山神故事中以表现泰山山神的为多，从六朝志怪到明清章回小说，都可以发现泰山山神的身影。这与泰山的崇高地位有着密切关系，中华众山岳中以五岳为贵，而五岳之中又以泰山独尊。第一副联即是写泰山之泽令苍生，保护民众。明皇，即玉皇顶。紫气，古代以为祥瑞之气。木德，谓上天孕育草木之德，亦特指春天之德，谓其能化育万物。舒春令，指应春而使万木生长，春令，春季的节令。

唐代的山神则以华山神为代表。有唐一代，泰山因其传统的信仰惯力，影响力仍在，但华山地近长安，是士人、官员进京的必经之地，地缘的关系使得华山格外受到关注。特别是唐玄宗登基之后，将华山作为其本命所在，华山的地位得到空前提高。第二副联即写华山之神，管春生夏长冬藏。职方，古指职掌方面之官。纪，纲领，法度，用作动词。

火神庙

火神是传说中的司火之神。中国各地都有火神祭祀的风俗，由于地区不同，历史文化不同，对火神有不同的认识和不同的解释，各地传说中的火神形象和来历行事方式差异甚大，相关的信仰民俗也有不少区别。古时，凡涉及火的手工行业，譬如冶铸、铁匠、陶瓷、鞭炮等都有祭祀火神的习惯，以求事业兴旺发达。汉族地区一般都以祝融为火神，据说他本是颛顼氏的后代，本名重黎。帝喾当政时，官居火正，甚有功，能光融天下，被称为祝融，死后为火官之神。因为远古时燧人氏钻木取火，使人类进入熟食阶段，也有的地区以炎帝或燧人氏为火神，又称火德真君，定时祭祀。

钻燧木先春，食德饮和，且自披星朝赤帝；
观灯天不夜，衢歌巷舞，何妨捧日待黄人。

此联中的火神即燧人氏。燧人氏钻木取火，成为中国古代人工取火的发明者，教人熟食，结束了远古人类茹毛饮血的历史。上联歌颂火神教先民钻木取火，食用熟食褪尽腥臊并健康生活的功德。下联概述人们观灯闹元宵，社火绚烂，太平歌响彻不夜天的盛况。有些地区节日里张灯结彩、放焰火的习俗跟酬谢火神有关。

崇敬火，对于没有取火工具时代的人们来说，这一崇敬之心十分重要，一旦火种熄灭，整个氏族、家族都将面临挨饿受冻的问题。古代流传的因恶待火神而遭报应的故事让每个氏族的每个成员都懂得，爱惜并且保护火种，是他们生存下去的必备工作。千百年来，保护火种的信仰并没有因取火工具的出现而消失，当今很多地区依旧遗存着护火种、拜火的习俗。有的地方除夕夜举行接火神仪式，仪式中，各户的主人将院中的炭火取回，埋在火盆里，之后主妇每天添火，以保证盆中之火常年不灭，并名其曰“长明火”，人们相信，全家衣食之源的稳定都靠火神保佑。有些地区的人们还认为，火炉是火神居住的地方，家中的一切食物都必须先敬祀居住在火炉中的火神，如果不敬祀，全家就得不到火神的保护。

熟食利群生，司爟救时，功资燧火；
文明襄盛世，象离出治，道重传薪。

上联 熟食利群生，司爟救时，功资燧火；

下联 文明襄盛世，象离出治，道重传薪。

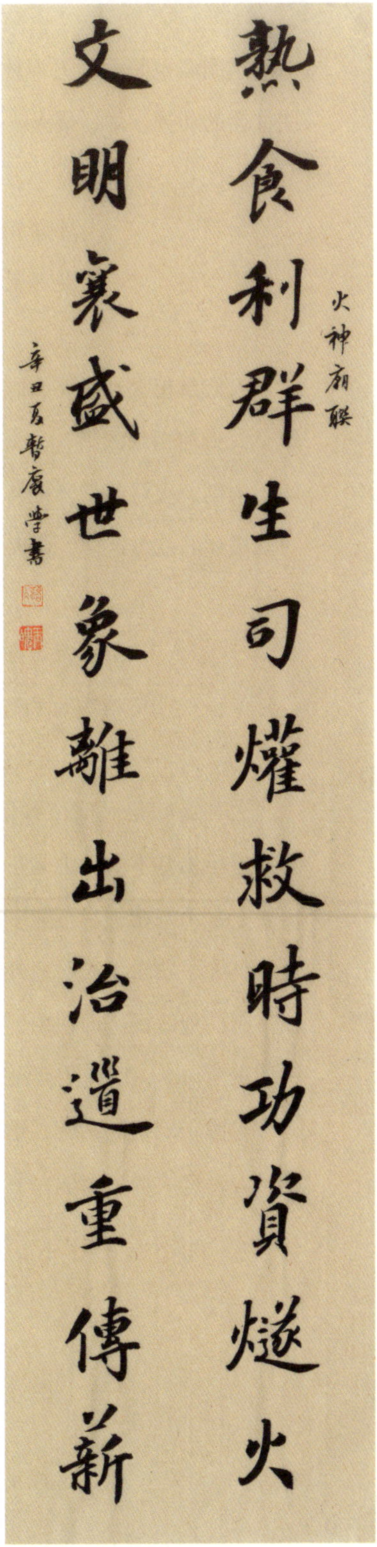
火神廟聯
熟食利群生司爟救時功資燧火
文明襄盛世象離出治道重傳薪

这副联也是歌颂火神教会人们用火、食熟，从而走上文明社会的功德。爟，爟火。出治，治理国家。

手挚钢鞭擎天地；

足踏火轮定乾坤。

人们祭祀火神，要么画图像，要么用木头雕塑一个实体道具。火神相貌凶狠，三头六臂，并有风火轮、火葫芦、火印、火剑、火弓等武器配备，酷似神话传说中的哪吒。这副对联描述的就是这样一位火神。

缅思上古圣神，四时钻燧；

请看太平气象，万户炊烟。

火神终归是民间俗神信仰中的神祇之一。民间信仰对神最原始最基本的动力是祈求神祇的保护，人们出于生存的需要，赋予祭祀神尽可能多的功能，火神同样如此。人们敬火神，除了熟食、光明之外，还因为人们认为火具有净化功能。有的地区民俗即认为，火具有净化和消毒作用，可以使一切东西洁净，因此用篝火节欢庆娱神。

火源于最初的钻燧，给人间带来健康，火神融入人间，佑护着万户炊烟，永享太平。

上联

手挚钢鞭擎天地；

下联

足踏火轮定乾坤。

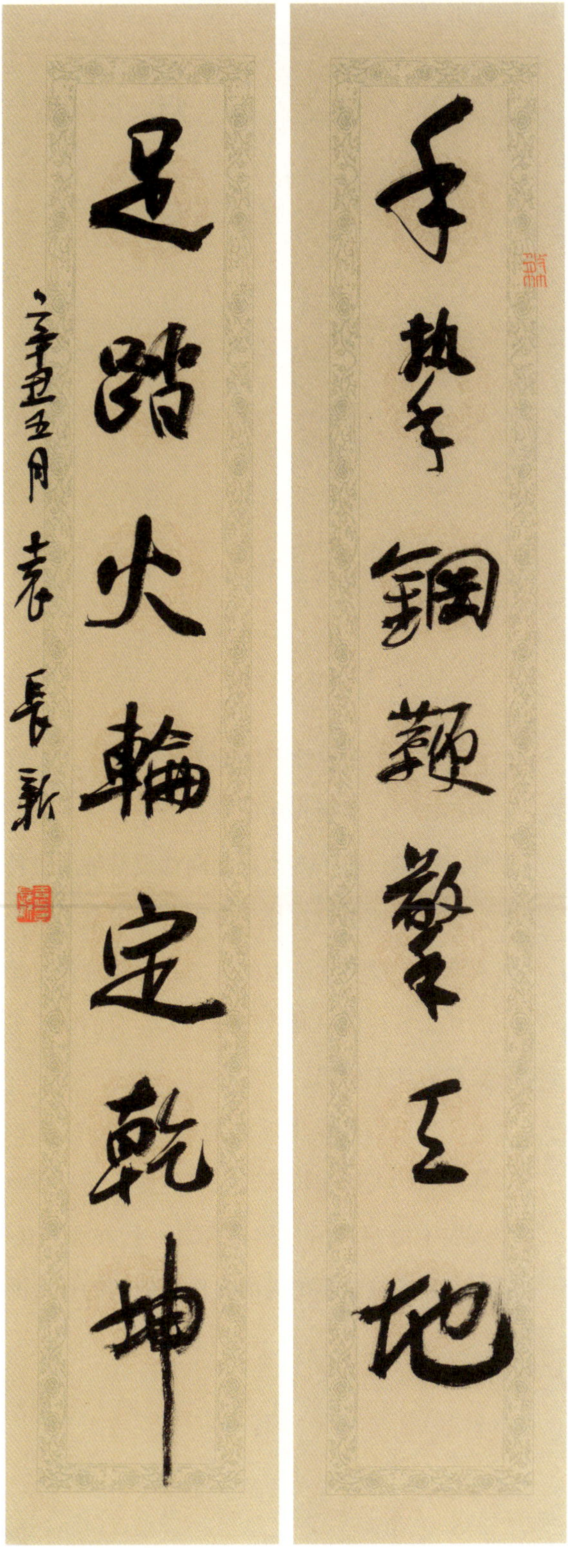

灶王庙

灶神，俗称灶君、灶爷、灶王爷，民谚有“三祭灶，四扫屋”，即指每年的腊月二十三（一说二十四）祭祀灶神。旧时，差不多家家灶间都设有灶王爷神位，灶王爷神位被恭敬地摆放在灶王龛里，灶王龛大都设在灶房的北面或东面。没有灶王龛的人家，会将神像直接贴在墙上。有的灶王龛神像只画灶王爷一人，有的则有男女两人，女神被称为灶王奶奶。

灶王信仰是由原始的火崇拜发展起来的一种神祇崇拜。原始人群在长期与大自然搏斗的过程中学会了用火，火成了原始人的自然崇拜之一。在原始氏族群居的生活中，那一堆永不熄灭的火便是他们的灶，因而在原始人那里，火神与灶神是一致的。不过，自灶神产生之日起，其职责便与火或灶火脱离关系。灶神是天帝派驻各家的监察大员，是一家之长，监管一家的饮食，监督一家老小的善恶功过，并且定期上报天庭，如果哪家的表现不好，天帝会找他们算账，给予冥间惩罚。人们畏于死后的惩罚，对灶神顶礼膜拜。

作善降祥，王得请于帝矣；

饮和食德，必以是为主焉。

东晋前，灶神之职只是主管人间的饮食制作。东晋后，灶神被赋予新的职能，监察人间罪恶，掌握一家寿夭祸福。清代《敬灶全书》称，灶君受一家香火，保一家康泰，察一家善恶，奏一家功过。每逢庚申日，上奏玉帝，终月则算。功多者，三年之后，天必降之福寿；过多者，三年之后，天必降之灾殃。

民间的灶神，左右有两个随侍，一捧“善罐”，一捧“恶罐”，随时将一家人的言行举止记录下来存于罐中，年终汇总之后向玉皇大帝报告。十二月廿四日是灶神离开人间向玉皇大帝汇报的日子。这个时候，家家户户举行“辞灶”仪式，都要“送灶神”。送灶神的供品一般用一些又甜又黏的东西，如糖瓜、汤圆、麦芽糖、猪血糕等，目的是哄好灶神的嘴巴，让他们禀报玉皇时多说些好话，所谓“吃甜甜，说好话”“好话传上天，坏话丢一

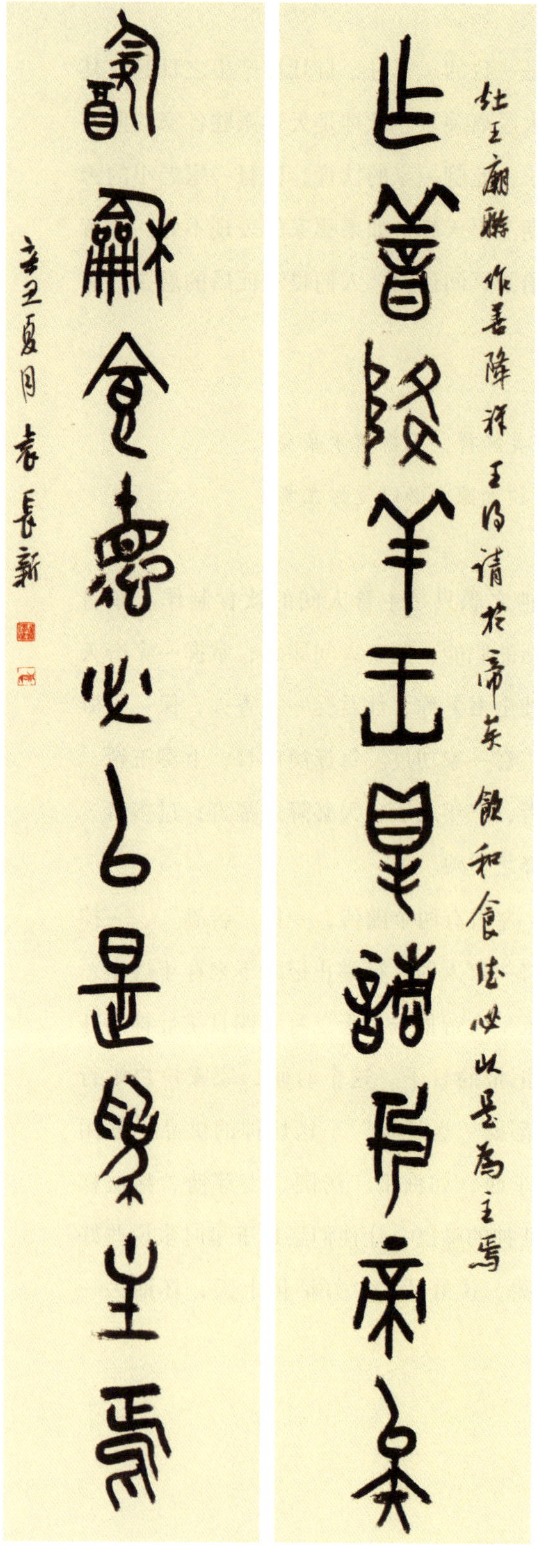

上联 作善降祥，王得请于帝矣；

下联 饮和食德，必以是为主焉。

边”。这个时候，家家户户还要贴年画灶君，两边配上对联，“上天言好事，下界降吉祥”“上天去多言好事，下界回宫降吉祥”。宋代范成大《祭灶诗》：“古传腊月二十四，灶君朝天欲言事；云车风马小留连，家有杯盘丰典祀。”总之，祭灶神也是民众祈求降福免灾的仪式。

图书在版编目（CIP）数据

室宇祠庙 / 张小华著. —南昌 : 江西美术出版社，2024.5
（楹联里的中国）
ISBN 978-7-5480-9048-9

Ⅰ. ①室… Ⅱ. ①张… Ⅲ. ①对联–文化研究–中国 Ⅳ. ①I207.6

中国版本图书馆CIP数据核字(2022)第213409号

出品人　刘　芳
责任编辑　邱　婧
书籍设计　郭　阳　刘志兰　小满设计
责任印制　谭　勋

楹联里的中国

室宇祠庙

顾　　问　龚联寿
著　　者　张小华
楹联书写　袁长新　虞　敏
出　　版　江西美术出版社
社　　址　南昌市子安路 66 号
网　　址　www.jxfinearts.com
电子信箱　jxms163@163.com
电　　话　0791–86565703
邮　　编　330025
经　　销　全国新华书店
印　　刷　浙江海虹彩色印务有限公司
版　　次　2024 年 5 月第 1 版
印　　次　2024 年 5 月第 1 次印刷
开　　本　787 mm × 1092 mm　1/16
印　　张　16.25
字　　数　170 千字
ISBN 978-7-5480-9048-9
定　　价　68.00 元